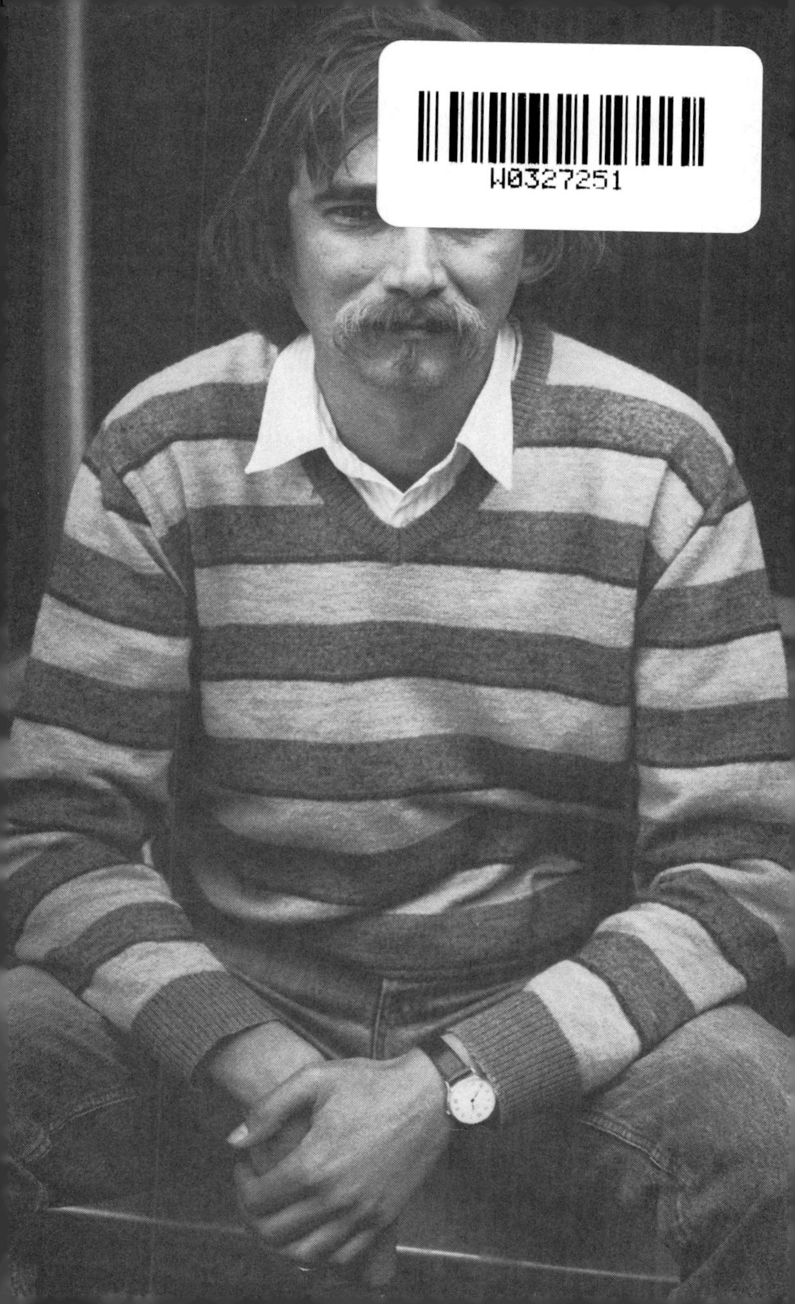

Foto: Renate von Mangoldt

Werner Söllner
Kopfland. Passagen
Gedichte

Suhrkamp

edition suhrkamp 1504
Neue Folge Band 504
Erste Auflage 1988

Erstausgabe

Satz: Hümmer, Waldbüttelbrunn
Druck: Nomos Verlagsgesellschaft, Baden-Baden
Umschlagentwurf: Willy Fleckhaus
Printed in Germany

2 3 4 5 6 7 – 99 98 97 96 95 94

Verkehrte Zeit

Hörensagen

Wenn ich nichts höre, kann ich nicht sprechen.
Nicht, daß ich stumm wäre, wenn ich nichts höre.
Ich kann nur nicht sprechen.

Manchmal bin ich auch stumm.
Dann könnte ich sprechen.

Doch wenn ich spräche, ich hörte es.
Also höre ich nichts, ich kann nicht sprechen.

Denn hörte ich, was ich spräche, ich wäre stumm.

Verkehrte Zeit

Alle Uhren im Land bleiben stehn. An den Kopf
greifen sich unsre Freunde bestürzt. Unsre Eltern
empfangen
soeben die Nachricht. Bei den Standesämtern herrscht
Andrang. Dann packt Mutter die Koffer, liebt Vater
nicht mehr und fährt zu Großmutter, die sich mit
freundlichem
Augenaufschlag vom Sterbebett erhebt. Unsre Bekannten
erbleichen, in vager Befürchtung: Niemanden mehr haben
unsre Väter
erschossen, zu ihren Eltern sprechen sie
mit Worten, die sie gelernt haben, später, von
uns.

Doch die rückwärtslaufende Zeit
drängt. Die Behörden mahnen zur
Eile.

Da gedeiht eine Wiese zur Wildnis, ein Wohnblock
zum Blockhaus. Krummschwerter schwingend, ziehn sich
Kaskadeure lärmend aus Mitteleuropa
in die Kulissen zurück. Ahnungslos kommen unsre Ahnen
und vergehn. Ihre Sprache verstehn wir
nicht mehr. Stummen Gestalten fährt ein Gespräch
in den Hals. Sie betreten die Bretter
der Pletten, schweigsam, schweigsamer gleiten sie
gegen den Strom. Keiner ruft
das Gesindel an.

Unsren im Land verbliebenen Vätern bleibt noch
ein bißchen Zeit. Aus dem Boden fährt ihnen Blut
in die Adern und Schweiß in die Poren, ihre übrigen
Griffe verschwimmen im Dunkel geschichtlicher
Wahrheit. Dem Kanzlisten, gebeugt über pergamentene
Freibriefe, fließt die Tinte zurück
in den Kiel. In der spiegelnden Luft liegt ein verkehrter
Geruch von Aufbruch. Jeder sucht seine Spur
im Staub. Wer ein Gewissen
besitzt, erinnert sich dunkel
an später. Wer noch ein Herz hat, läßt es
nicht liegen. Endlose, ratlose Wagenzüge
ziehn in die sinkende Sonne.

Lebens Lauf

Welches Tier lebt noch so?

Unabänderlich nimmt unser Glück seinen Lauf.
Unser Wohlbefinden ist eine beschlossene Sache.
Da ist kein Widerruf nötig.
                                        Lebenslänglich
werden die Wölfe gejagt und in Fische verwandelt
wer wie sie fühlt.

Von schädlichen Gräsern gesäubert
sind die eingeebneten Berge, in den vielleicht noch
wachsenden Wäldern sind die Schreie
des Einhorns verstummt und kein Vogellaut
aus den Sträuchern des Monates Mai
bringt Aufruhr in unsere wollenen Seelen.
                                                            Kein Abgrund
in unseren Augen, kein Stern fällt vom Himmel. Kein
                                                                einziger.
Wir essen vom kühlen Gras und trinken
vom Wasser des Baches, wir halten
still und wachsen für jene, die unsre Ruhe
bewahren, dort oben, in ihrer befestigten
Senke, als fürchteten sie sich
vor der Zukunft der Schafe.

Nur in den wenigen Nächten,
wenn eines von uns den unnatürlichen Tod
durch Herzschlag im eigenen Pferch stirbt, vermeinen wir
Büchners letzten Traum vom Gehn
über Berge zu träumen, spürn wir Mardergeschmack

am blutigen Gaumen, in den Gelenken ein Schlagen
wie von abgefallenen Flügeln und im Rückgrat
das große, blinkende Schweigen
eines aufgeschnittenen Haifischs.

Demosthenes

Am Strand, außerhalb
der großen Republiken, mit den kleinen
Fischen stellte er
fest:

Die Schulter, links, überm
Herzen, ich setz sie dem Schwert
aus, er hilft mir
Haltung bewahren, der
Schmerz.

Auch mein ererbtes
Stottern, ich kenn es, der nüchterne
Kiesel unter der Zunge, er wird
mein holperndes Sprechen erziehen, ich
spreche und spreche.

So, nicht
wahr, wird er das Meer
überreden.

Das Erschrecken

Gott stülpt seinen Handschuh
den Himmel um.

Die Sterne gehn aus
einander. Schwarze
Löcher schließen sich.

Der Raum ist krumm
mehr als wir dachten.

Wer sehr in Eile ist
darf verschwinden
vor der Zeit.

Ist das alles wohl
grenzenlos, oder zieht sich
bloß Einsteins Magen zusammen
auf der anderen Seite
der Welt?

Das Land, das Leben

Was mir, ehrlich gesagt, zum Hals heraushängt,
liegt mir, ehrlich gesagt, am Herzen.

Hinter den Mülltonnen Hunde. Ich habe Bier eingekauft.
Im Gegenlicht verschwand die Geliebte, salut.

Ich stehe und sitze, alles unverwandt, ohne Halt, haltlos.
Auf Tuchfühlung mit der spärlichen Luft. Zärtlich bis aufs
Messer.

Sei, höre ich, der du bist. Es regnet von unten nach oben.
Es ist so dunkel, daß die Menschen leuchten.

Gemischte Gefühle

für Heinz Czechowski

Musik schwappt über. Ein Gefühl,
wie wenn eine Frau an mich denkt. Unbegreifliche
Sätze über die Liebe, sie stammen
von mir. Langsam heraustreten
aus der Starre, die Dinge beim Wort
nehmen, die täglich wechselnden Farben
des Himmels in diesem rumänischen Herbst.
                                        Himmel,
zwei Schnäpse für einen guten Anfang.
                                        Du sagst,
man kann ein Gedicht auf vielerlei Arten
beginnen. Jetzt könnte ich
mir eine von dir ausborgen: ins Gedicht
mit der Landschaft. Über die entgleitende Ebene
könnte ich sprechen, über den kleinen, südlich anmutenden
Hafen oder über den erodierten Phallus
des römischen Herrschers am Meer.
                                        Aber bleibt auch
                                        diesmal
alles beim Alten? Sprechblasen und stumme
quälende Unrast.
                        Oder ich könnte
von der Liebe reden und Hölderlin
zitieren, aber was hab ich schon
davon, nichts als den hungrigen Atem und vielleicht
ein beschleunigtes Leben, »eine offene Wunde«, verletzlich
und taub. Und Metaphern
vor allem, Metaphern.
                            Was sag ich da

im Halbrausch? Auseinanderredende Stimmen:
Oliven und meistens
gemischte Gefühle, flüchtige Grüße
aus Warschau, Vernunft, Rotwein und Büchner, Affekte,
Kleist und salziger Käse, von Schafen und Sternen.
Reisen, Bekanntschaften, Risse, Erinnerungslücken.
Ich betrachte
die Welt wie durch ein Fenster, wie durch
das halbleere Schnapsglas diffuser
Glaubensbekenntnisse:
Zweisprachig fast, mit gespaltnem
Bewußtsein, ratlos,
aber gefaßt, wir sprachen
Brüche
und tranken, meistens gemischte
Gefühle, und wiederkehrende Zweifel
an den Formulierungen unserer Zweifel, und das bißchen
nicht zu unterdrückende Bedürfnis nach Präzision, in der
sich, heiter
wie nie, die Gegensätze verflüchtigen, in der Musik,
die überschwappt.
Ja, gewiß, ich geb's
zu, für Augenblicke wich
die Beklemmung, beim Atemholen
vor offenem Fenster, bei Nacht.
Unten die vertraut zerbröckelnde Stadt,
die singend zerplatzenden Hügel
am Bosporus, die kühl zerfallenden Schwäne
auf den Seen der Märkischen Schweiz,
der brennende Feigenbaum vor meinem Fenster
zu Hause, wenn ich nicht irre, auf der Straße
der Freiheit.
Es ist nicht viel, wenn

ich's zähle, aber auch der Tod läßt sich
ein Leben lang bescheißen.
Leben also: wurzellos, man
weiß es, aber verbunden, mit allem,
was uns geschieht, auch
mit seinen Grenzen, auf Messers
Schneide.
Wie Rauch
über den Stoppelfeldern, du bist
im Bild, der entgleitenden Ebene
schwanken wir
hin und her
und werden nicht irre
an einigen Dingen. Das läßt uns noch
Hoffnung, ein bißchen Hoffnung, zusammengespannt
aus Erlebnis und Leere, aus, noch
einmal, auseinanderredenden Stimmen, gemischten
Gefühlen, aus allem,
was uns berührt und was wir berühren, was uns verändert
und was wir verändern, aus allem,
was, wie dies Gedicht, so schnell
vorübergeht, ohne noch richtig
begonnen zu haben.

Schneeballgedicht

für Rolf Bossert

Ein Blick aus dem Fenster: Es schneit.
In der Nähe trägt ein Berg geduldig
sein Kreuz, nicht umsonst heißt er
Caraiman, der schwarze Gelehrte.
In dieser Jahreszeit können ihm alle
den Buckel runterrutschen,
wenn sie es könnten. Zehn Tage Urlaub
bei dir in Busteni.
Ich habe den Bademantel
zu Hause gelassen, und die Luftmatratze,
auch alle guten Vorsätze und Illusionen.
Daran änderst du nichts, und wenn du
zehnmal sagst, ich habe nicht recht.
Mein schwerstes Gepäckstück
bin ich, das wirst du noch merken,
das läßt sich nicht so leicht
rühren und vor die Tür setzen.
Reisen und irgendwo bleiben
ist schwer, aber wenn man's schon kann, bleibt man
am besten gleich lange, damit auch Zeit
bleibt für das bißchen unverbaute Natur,
fürs Begreifen der Menschen und Gelegenheiten,
für Wodka und lange, unvermeidlich
lange Gespräche. Es ist auch schön
auf den Schnee zu warten, dem man die Kälte
nicht ansieht.
Aber angesichts von so viel weißem
Belag auf den gefrorenen Wegen
erlaube ich mir heute einen schwarzen Blick

auf die beladenen Tannen
vorm Fenster.
Ein langer Satz,
und ich wollte bloß sagen, daß *wir*
die Beladenen sind; und auch jene fünf Zeilen
sind nichts als ein Maß für das Gewicht
unserer Last.
Lies weiter, es soll nicht elegisch
klingen, lies, was du wahrscheinlich
schon weißt und was sicher präziser gesagt werden
müßte, nimm meine gute Absicht
für die Tat: Wir alle mit unseren kleinen, vertanen
oder verratenen Chancen, mit unsren verdrängten
oder bewußten Beklemmungen, mit unsrem abgründig
schweren
oder fliegenden Schlaf, wir alle könnten
anders sein.
Und es hilft
auch nicht mehr, daß ich's sag.
Diesen Satz las ich
vor drei langen, schneereichen Jahren
in einem Gedicht, das mir gefiel,
und ich frage mich, weshalb
ich, halb schon erstarrt, noch dies Schneeballgedicht
schreibe gegen den unbeirrbar fallenden
Schnee. Ist es vielleicht nur ein Zeichen,
daß wir gar nicht versuchen sollen
andre zu sein, sondern nur unser Leben
zu ändern?
Auch dies wäre
eine der brennenden Fragen unsrer Bewegung,
die jeden auf besondere Art
ergreift, es wäre vielleicht

ein möglicher Anfang.
Aber ich merke es
auch schon, dies Gedicht wird wie
andere, lang. Es ist, wie das Schweigen, nichts
als eine Form der Sprachlosigkeit,
schlimmer noch, als mit Blindheit
geschlagen zu sein.
Was aber läßt uns
verstummen? Nicht der Schnee
ist es doch, der mir den Mund
verschließt und nur ein entschärftes Parlando
hervorquellen läßt; es ist, sagen wir's
einfach, was überall auf der Erde
den Menschen den Gedanken umdreht im Kopf,
bevor sie ihn denken, das Wort im Mund
und das Gefühl, das keinen genauen Sitz
hat.
Es ist, es verschlägt mir
die Sprache, es ist die Herrschaft
der Redner über die Sprachlosen, die Herrschaft
jener, die sagen:
Die Traurigen werden geschlachtet,
die Welt wird lustig.

Nein, ich habe nichts
dagegen, wenn du mehr Klarheit
forderst, aber warte, wir haben ja
Zeit, noch einige Tage, und überhaupt, wer bin ich
denn, daß du mich fragst:
Ich stehe ja auch nur fröstelnd im Nieseln
der Behauptungen, im Matsch
der Erlässe, wie wir alle,
ein kleines Häufchen, uns an den Händen haltend,

um nicht zu versinken im mäßigen
Schnee, der uns den Mund

Nirgendwärts

Erinnerung an R.D. Brinkmann

1.
Ringsum lauter tote Gestalten: die alte Gesellschaft.
Nichts anzufangen damit, vielleicht noch ein Blendax
Lächeln auf dem Heimweg vom Psychiater, in der Hosen
Tasche das Glied, eine kahle Sängerin. Leere Bierdosen

eine metallne Erinnerung an Charles B., eine Stange
Scheiße, in die Enge gestellt. Der helle Glockenton
der Eiswürfel im Whiskyglas. Die Dichter lauschen
blutige Tesa Film Streifen im Gesicht. Das herunter

gerissene Papier schäumt, jeder macht weiter, schneuzt
sich in ein Kohlepapier, wenn die Frau abhaut ins
Fotoalbum. »Ich werd wild, wenn mir einer mit nem
Buch kommt.« Ein umweltfreundlicher Penis, nach

Kaugenuß einwickeln. Eine kaputte Schreib
Maschine, der Mittwoch, ein Mittagessengeruch. Eine
sanfte Rangierlok streift den Blick, Blut fließt.
Draußen Plakate übern Gehsteig geklebt, eine Fotografie

von Asfalt, am Straßenrand Gräber für nutzlose
Zitate, Zigarettenstummel, »ist das keine
Schönheit?« Novemberlicht steigt aus dem Schacht. Roll
Treppenlicht aus dem Osten. Nachts wird

manchmal aufgewacht, zweidrei Schreie lang, die Decken
Lampe schlägt aus, wortlos wie im Frühling, dann wird
weitergesunken. Unruhige Träume von Fotos, Wände
voll Fotos, Gefühle voll Fotos, aus der Fotografie des

Himmels stürzen aufgeweichte Buchstabenzeilen, ein
fotografierter Sonnenuntergang, Hochspannungsdrähte
ein Lied, *chewing the sun and the clouds*, der Wind
raschelt in den Ästen. Unten spürt man nichts mehr

davon. Durchgewetzter Hemdkragen, schmutzige
Hände nach Gottes Ebenbild. Schlag das Buch auf, die
Stadt, ein Leben zum Abgewöhnen, deck dich
gut zu mit den Blättern, das nächste Jahrhundert wird kalt.

2.
Ein Sarg, ein Buch in der anderen Welt, verlassen
von vielen guten Geistern und Gott, in einem Winkel
Europas: der lebendig Begrabene atmet auf. »Get up and
walk«, said Jesus, »alas, *no vomit bags ain't here, no*

oxygen either.« Erwartungsvoll schlägt der Unfalltote
das blaue Auge auf. Integriert ihn die neue Gesellschaft
oder umgekehrt, fragt einer, und: was ist schlimmer?
Kaffee? Er nickt, wird langsam wach. Die Morgenröte ist

ein Panzerschiff. Jemand sagt: Auch hier hängt dir der Schwanz
nicht bis in die Klomuschel, wenn du aufrecht pißt.
Autogeräusch von der Straße, ringsum Bücher wie in
»Deutschland«, funktionsuntüchtige Seeadler, reparierte

Gedanken an Frauen, soweit die Dichter männlich sind.
Ach, lauter Realmarxisten. Steh auf, Rolf Dieter, steh
auf und geh, der Fahrer winkt, es geschah ohne
Absicht. Die Nächte sind ruhig. Oben kippt der Nachbar

den dritten, und ich setz Kaffeewasser auf. Auch Frauen
gibt's in der Nähe, aber ich schmeiß sie raus, denn wo
bleibt die Schönheit? Auf dem Feldweg? Mit der weiß
und blau gesprenkelten Luft? Versinkt sie in der Klar

heit des Sees? In unseren Eingeweiden wohnt sie
nicht, das weißt du. Rolf Dieter, Rolf Dieter
you've godda rhythm in your name, that makes 'em crazy.
In der Luft Glamour von Knast und Beton, wer's hat

hat's, Wodka statt Bourbon. Geruch nach Arbeiterfrüh
Licht aus der Dose mit Bohnen und Speck. Im Bus fickst
du
die Nachbarin, den Blick westwärts gerichtet, sie
läßt es geschehn. Wo ist einer? Wer läuft davon?

Wer wundert sich? Wem tut nichts weh? Wer flieht
über die Autobahn? Wer ist geblendet? Bleibt stehn?
Wer weiß, was geschieht? Wer kneift die Augen zu, wenn
es schneit? Wer sagt gar nichts? Und wohin führen ihn

seine Schritte? Wer hat kein Alibi für den Tag
an dem die Sonne unterging? Wieviel Frauen liebt er?
Liebt er? In welcher Richtung liegt die Kindheit? Wessen
Mutter lebt noch? Wer darf reisen? Wer leckt wen am
Arsch?

Arbeitet er? Wer kommt zu spät? Wer hat ein Kind und
weiß nicht wohin damit? Wann stirbt einer? Wo ist
seine Frau? Fährt da ein Auto? Welcher Scheinwerfer
blendet ihn? Wie laut schreit er? Schreit wer?

Nachbarn

Bald ist der Sonntag
vorbei, und die Hälfte
vom Mai, und sie essen
in ihren Häusern.

Künstliche Beatmung

1.
Was ist geschehn? Diese Stadt gefällt mir nicht mehr. Ich
kann
mich darin nicht mehr einrichten, ohne flüstern zu müssen.
Scheinbar
grundlos verfluche ich heute, am Dienstagabend, die
gelangweilten
Erektionen der Fernsehantennen auf den Wohnblocks und
die Serien

Träume der Regenwürmer in den Appartements, machtlos
und nachgiebig
wie der Matsch auf den Straßen. Auch die Gesichter der
Leute, mit
denen ich noch rede, zerfallen unter dem Ansturm der
genauen Uhrzeit
und der Eheprobleme. Ich rette mich vor ein schluchzendes
Bier. Jeder

nickt. Ein Schlager röchelt, meine Freundin liegt mir nicht
mehr.
Ich steh lustlos auf, ich geh bloß mal so rum, gebückt, ich
könnte
mich festhalten, an was Schönerem, am Schnee vielleicht
aber das geht wohl nicht, so mit Wunschbildern rumspieln,
eine andere

Wirklichkeit an den Himmel zaubern, eine bessere Welt
schreiben.

Ich starre ein Verb im Infinitiv an, und ich spüre das Vergehen
der Zeit, alles rutscht weg wie ein leises Gelächter im Morgen
Grauen, schon vorbei, und kommt zurück wie ein poliertes Prinzip

oder ein Urtier im Flug, grüngefiedert, ein Schneemensch, immer
weniger erklärbar, den Alltag enternd, machtvoll wie ein verbotenes
freies Europa, spät nachts, wie die Mundwinkel West
Berlins, wie das Lächeln einer mehrfach geteilten Sprache. Was

ist geschehn? Was ist los, daß sie den Ausverkauf der Heiterkeit
zelebrieren, und wir machen mit, daß ich mir vorkomme wie in einem
Abstellraum voll unnützer Stimmen? Etwas Wirkliches, etwas
wirklich Unbegreifliches ist hereingebrochen, die Grabesstille

über den Grenzen, etwas wie das stumme Leuchten einer geputzten
Badewanne, die über den Dächern schwebt. Etwas hat den Sieg
davongetragen, etwas wie das Nichtssagende eines Nachmittags
etwas wie ein stehendes Gewässer, wie der Rufton aus einem Telefon

Hörer, der an der Strippe baumelt, etwas wie eine Reise, die
du
nicht antreten kannst. Etwas feiert heimlich, etwas wie das
Altern
eines Wohnblocks, wie ein Weekend am Dienstag, wie das
lauernde
Hasten eines Kursbuchs oder das verhaltene Räuspern eines
Taschen

Tuchs. Etwas wie eine unterbrochene Bewegung freut sich.
Eine
Stimme kommt, die andere geht, nur das unheimliche Echo
des Schweigens verfolgt mich bis in den Schlaf. Etwas wie
ein Gedicht
mit menschenscheuen Metaphern, etwas, mit dem man
aufhören muß.

2.
Aber wer liest schon gern, auf die Dauer, Gedichte wie
Kriegs
Erklärungen? Macht so was nicht mürrisch, statt
natürlichen Sprechens
über eine ungezwungene Welt? *Das Schweigen im Volk*, ist
es die Feier
vor dem Fest? Geht das jetzt wirklich so reibungslos, am
Dienstag

Abend, bloß so in den Himmel starren, auf die zerkratzten
Wolken?
Durch die Straßen gehn, Schmutz unter den Nägeln, Geld
für ein Bier
in der Tasche und die Einsamkeit aller Frauen im Kopf statt

der eignen, *das* geht. Warten, daß etwas geschieht, in der Stadt

blättern wie in einem Buch, und nachher wütend werden, privat.
Die langweilige Sensibilität eines Rafael beschreiben und dann
einen Fernlaster zum Papst wählen, das funktioniert. Ein Bild mit
einem Haus ansehn, die Scheiben einschlagen, ins Bild laufen, den Hörer

ablegen, verstummen. Gegenstände von einem Platz auf den anderen
rücken. Durch eine Menschenmenge gehn wie durch eine Ausstellung
von Erhängten, hie und da grüßt ein Bekannter: das ist noch
denkbar, mehr nicht, und auch Sätze wie diese sind nichts

als ein Zeichen der Ohnmacht, der Ungeduld, daß die Zukunft nicht ist
was sie wäre, wäre sie anders. *Tatenarm und gedankenvoll* sind wir
wie früher. Wir stehen da ohne Regung, wortlos, machtlos.
(Die wirklichen Gespräche finden in öffentlichen Bedürfnisanstalten statt.)

Alles andere ist eine Geschichte mit mehr oder weniger kunstvoll
ausgeführter Ideenakrobatik... Alles andere ist Geschichte... Reinhaun

in die Fressen hinter den kugelsicheren Scheiben, in die Bierbacken
Feuer an die Tribünen legen, denen anders nicht beizukommen ist

dem Staat die Schamhaare ausreißen, während er schläft.
Dalila spielen, Gulliver sein, aber wo? In Liliput oder in
Brobdingnag? (Ein Zeitungstitel: »Das große Gemetzel in der Vollversammlung
der Normen! Moral von unbekannter Hyäne in Stücke

gerissen! Wer steckt hinter dem Anschlag?«) Ein leises Lachen
und so weiter. Was dann? (»In New York gehen wir immer am Donnerstag
Abend in die Oper, bei deutschen Komponisten dauert es immer
am längsten«, sagt Myra Granberry in Thornton Wilders

»Theophilus North«.) Was denn, schon wieder Ordnungen aufstellen
Hierarchien begießen? Verkehrsampeln anbeten, auf dem Weg
in eine gerechtere Zukunft? Ein tiefer, haßerfüllter Seufzer. Ein Anfall
von Wut. Die Namen auf den Lohnlisten verkehrtherum numerieren

oder den Anfang ganz einfach streichen und von vorn anfangen, sofort.
O heilige Rangordnung im Alfabet der Zufälle. O vollständige

Demokratie eines Kreuzworträtsels und o heiteres Gefühl,
das
von der Bescheidenheit der Grammatik ausgeht. Ihr tiefen
Träume

von der Gleichberechtigung der Ziffer Null mit allen
anderen Ziffern
und die klassische Schönheit einer Unbekannten aus einer
mathematischen
Gleichung. O rührende Aufrichtigkeit eines Satzes, der
nichts verspricht
und die erkannte Notwendigkeit des Buchstaben A und
aller anderen.

3.
Wie soll ich nicht mit den Händen mich schwankend halten
am schiefen Dach dieser Gegend, beim Gehen, heute immer
um ein weniges mehr als gestern; bei so viel fehlender
Ordnung?
Nur wenn ich früh aufwache und nicht allein bin, wenn ich

den gelblichen Tag, Zementwolken im Haar, auf ihren
Brüsten
heraufziehen spür, offen die Augen ihres Körpers und
weich
häutigen Atems sein Blick, nur wenn ich so nicht allein
bin, will ich noch glauben, daß es noch Chancen gibt; oder

hab ich nur Bilder im Kopf, und es ist auch nichts, und
ich laufe nur vor den engen Zeitungen weg? Vor den
flimmernden
Bildern der Schuster und Anstreicher, weil, je lauter
mein Widerspruch, ihre Stimmen um so gewaltiger werden?

Wie soll ich also nicht mit den Händen mich schwankend
halten
am schiefen Dach dieser Gegend, beim Gehen, heute immer
um ein weniges mehr als gestern; bei so viel fehlender
Ordnung?

Atempause

In den Höfen hält der Sonntag
seine Stirn vor die Axt, gehen

wir. Ich schlage mir die Hand
vors Gesicht. Ich winke ab

dies ist das Ende.

Winter der Gefühle

Allein mit Melanie Safka, allein mit den versunkenen
Büchern
allein mit dem Sexus, dem übriggebliebenen Schnaps
und dem Kaffee: kaltes Frühstück mit nach Hause
gegangenen
Leuten, *the show is all done*. Ich schau mir den Morgen an:

Der Tag hebt an wie ein Moog Synthesizer. Das Echo von
auf
gerissnem Asfalt, ein Wolkenton am Himmel, Stille in der
Industrie
Landschaft, Würfel von Licht, Frost am Stadtrand. Kaum
bin ich
rein in den Traum, bin ich schon draußen. Ich will nicht
häßlich

über den Winter reden, aber ich liege auf der
schlafdurchtränkten
Matratze, das Polster riecht nach Beischlaf, du liegst neben
mir.
Und wo bist du? Wo bist du, gibt es dich? Die Kälte dringt
durch die Fenster, soll ich schon aufwachen? Soll ich schon
nüchtern

werden und nicht wissen wohin? Mit meinen Gedichten
kann ich
die Landschaft nicht reparieren, ich bin kein
Flickschuster
der Seele, ich kann nur beschreiben: meine Gefühle sind
leere

Konservendosen, mein Gehirn weggeworfnes Zeitungspapier, und meine

Augen sind Kippen am Straßenrand. *Mein Herz ist geschlagen*
und verdorrt wie Gras, daß ich sogar vergesse, mein Brot
zu essen. Ich bin wie die Eule in der Einöde, wie das Käuzchen
in den Trümmern. Lauter Leere im Kopf und lauter gelähmte

Empfindungen. (Wem ist hier was gelungen? Angenommen
wir wären nicht so, wären wir anders? Oder was müßte man
ändern? Ist es von Nöten, auch unsere Trinkgewohnheiten zu
revolutionieren?) Wie eine dunkle Vogelkralle hakt sich

das Nichts in mir fest, das lärmende Nichts aus den Läden
der bleichgesichtige Schweiß aus den Bussen, die Wut
der Maschinen, die die Kindheit der Kinder schnell hinter
sich bringen. (Und die Erinnerung an das, was ich einst war

ist ein Eisfeld.) Ich laufe raus vor den Wohnblock, ich will
Geräusche hören, vielleicht den Atem des Schnees, vielleicht
das Blinken der Fenster. Ich laufe raus, ich kann nicht
tatenlos dastehn und der Nachbar ertrinkt im Klosett

einsam rülpsend. Zwei alte Frauen gehen vorbei und reden darüber
wer noch gestorben ist auf der *strada linistii*. Mit dem Tod

in der Tasche kehr ich zurück und würg ihn, Bissen für
Bissen
hinunter. Ich esse gefrornen Zement. Ich wollte, ich hätte

die Macht, Jahreszeiten durcheinanderzubringen, Eis
Zeiten zu verhindern. Ach, unsere Zehnmeterfreiheit hinter
dem Gitter verschlossner Wohnungstüren, unsere
Spielräume
im Kopf, daß alles klirrt, unsere Jobs, unser Hunger und

unsere Einwände gegen den Hunger, unsere Lebensweise,
auf
dem Stuhl sitzend, mit dem Rücken zur Wand. Unsere
Universitäten
und unsere Schulwerkstätten, unsere gemeinsame
Vergangenheit
stößt Pech und Schwefel aus den Nüstern hervor, unsere
Moral

im Ehebett, am Samstagabend, oder im Hotelbett während
einer Dienstreise, verstohlen hopsend. Das alles haucht
mich an
wie ein Müllschlucker, wie eine Gletscherspalte. Mit allem
was ich habe, schrumpfe ich ein, zurück in die Vorhaut!

Meine Zimmer will ich geräumig und hell, die Möbel stell
ich
auf die Straße, vielleicht holt einer sie ab, mein Bett
will ich leer, der Kaffee und die Schnäpse, die ich je
getrunken
hab, bringen Überfluß in die Läden, mich hat es nie
gegeben.

Meine Erinnerungen – hat einer Verwendung dafür? Hier sind
zwei Stunden Freude, und da ein Herzschlag aus Angst, und das
ist ein Gespräch mit der Staatssicherheit, und dies eine Lüge
in diesen Schrank hab ich all meine Untaten gepackt, hier ist ein

Koffer voll Freundschaft, und da ein Bild von meiner Hoffnung
(vom vergangenen Sommer am Meer), hier ist meine Ruhe, die hin
ist, und das ist meine Unschuld, die hin ist, und das ist mein
blondes Mädchen und dort meine Sprache. So. Ach ja, wem kann ich

noch helfen? Hier ist auch das noch. Gute Nacht, und seid lieb
zueinander und laßt mich in Frieden, ich hab kein Telefon.
Ich zieh auch die Schuhe aus, bevor ich geh: Schnee ist gefallen
auf die Karte des Landes, in dem ich lebte. Alles ist weiß.

Taxifahrt danach

Trauer? Wut? Das alles ist schon gestorben
gelähmt. Im blauen Himmel ist die Sonne
ein schwarzes Loch, zugefroren der See
die Lichter spiegeln sich nicht mehr darin.

Eine Entwöhnung

»Uns ist gegeben, an keiner Stätte zu ruhn.«
Hölderlin

1.

Ein Junglehrerhaus mitten in einem Junglehrersozialismus,
in einem Dorf
mit Kneipe und Kirche. Dies war die Welt, in die man mich
stieß: mein
Ich. Es war eine Novemberwelt mit Skorpionen auf den
endlosen Äckern ums
Haus, mit Rauch und mit fliehenden Wolken. Wer weiß,
vielleicht spricht

man dort immer noch deutsch. Mein Ich hatte
wahrscheinlich Runzeln, ein
rotes Gesicht und es verschluckte sich an den Brüsten der
Mutter:
aus der oralen Phase keine weiteren Mythen! Im Garten
standen Tomaten
Spalier, Bohnenstangen, Gänse im Hof, ein gezähmter
Dorfplatz, Bildfetzen

ungewissen Ursprungs. Die Kindheit meines Ichs war keine
Elendskindheit;
Es war Frieden in ihr, und in diesem Frieden war ein kalter
Krieg.
Sie war keine Dorfkinokindheit. Stalin hat es vergessen,
mein Ich.
Eine gute, Gott sei Dank heftige Mutter war da, als die
Dinge weit ihm

noch lächelten, einfach, ein versponnener Junglehrervater,
Gott
und den Seminaristen entlaufen in die offenen Arme der
menschenleeren
Baustellen, ins weite Herz des Sozialismus im Kopf. Bei
solchen Leuten
ist's schwer, heimisch zu werden: Sie ziehn um. Wartende
Laster, billige

Möbel, Wäschebündel, mein Ich. Durchs Fenster gereicht,
vermummt
aus einer Rolle in die andre: Lehrerkind auf dem Land,
Stadtkind im Dorf
in der Stadt Freundschaft schließend mit seltsamen Hunden
am Fluß; Wasser
Jahre. Nette Soldaten an Brücken, komisch klingende
Wörter in Uniform

Wörter mit rauhen Kehlen im Stahlhelm. Da war die Stadt,
urbanisierte
Erinnerung: Straßenbeleuchtung, Gitterlicht, abgelegene
Streifen von Auto
Geräusch, an den Ecken ein Kinoplakat, der Gehsteig:
langweilige
Geschichten im Nachhinein. Mein Ich lebte wie deins oder
seins, im Verzug.

Der Vater verbeißt sich die Müdigkeit. Chöre,
Verleumdungen, Einakter
Aufbauarbeit durch Denunziation. Roosevelt ist tot, Stalin
ist tot; dies
alles zur Regenerierung einer Identität, in diesem kalten
Frieden

hier zu sein. In der Luft liegt der Rausschmiß der Leute, die es zu genau

nehmen mit der neuen Gesellschaft. Dann wieder ein Umzug, was sonst
ruhelose Dörfer an der Landstraße, da fuhr mein Ich schon plötzlich
zum Brunnen um Wasser, sein Fahrrad hatte zwei Räder, seine Zunge drei
Sprachen; die Ortssprache, die Landessprache und Békéscsaba, ein fernes

Afrika neben dem Grenzdorf: neben einer Grenze zum Anschaun, zum Schlafen
im Schatten der Grenze. Oral, anal, ödipal – alles vorbei, untergetaucht
im Bewußtsein. Phallische Zukunft! Der Nikolaustag, Maisfelder, Äpfel
im Straßengraben, Maulbeerbäume mit haarigen Raupen, wer kennt das nicht

das Lustgefühl im abgestandenen Dorftümpel, das Binsenfloß; wer hatte
schon keine Schnappschußkindheit, ein Anschaun und ein Weglaufen, wenn
es um Mädchen ging. (Ein Mädchenname aus der Spielhose, der Film
läuft weiter.) Eine Großmutter: gegrüßetseistumaria-ichglaubeandieheilige

und bekenne meine Sünden. Das Dämmerlicht in der Kirche. Die Kälte
des Steins unter den Knien. Das gelangweilte Gesicht des Pfarrers

während der Beichte. Kartoffeln! Ihr Heiligenbilder dieser
Kindheit!
O große Hoffnung! du Freßpaket aus dem Schweinestall in
den fernen Bergen!

Mangel, du mein Ich. Der fassungslose Ablauf der
Jahreszeiten, ein paar
bewußtlose Familienfeste und der unergründliche Wind, der
ein Kind
aufwirbelt aus den Fotos bis zur Erfahrung des unsteten
Ichs. Ein Kommen
und Gehen, Schatten auf der Leinwand, flackernde Träume,
was soll's –

Jahre zerfallen in Tage, was bleibt, ist der Schutt der
Sekunden.
Ich schick mein Ich lieber nochmal um Wasser, mit einer
braunen Fünfliter
Kanne, abgesprungnes Email am Gemeindebrunnen: Du
kommst zuletzt
Lehrerkind mit Hosen wie Mondschein, reinlich abgesteppt
an den Rändern.

Aber es will gar kein Wasser, mein Ich, es will gar nicht
Fußball spieln
es kann lachen über den Satz: Meiner ist schon größer als
deiner, es
fürchtet sich nicht. Es ist ein kleiner König, gebt ihm nicht
zu wenig
daß es nicht zu lang hier steht, daß es ein Häuschen weiter
geht.
Winters ziehn die Schweine aus dem Stall in den Tod; drei
Tropfen Blut

versickern im Schneeball, der mein Ich auf den Mund trifft.
Sommers
die Ebene, ein Seitenblick, ohne viel Erinnerungssüße, auf
die lauernden
Melonen im Hemd einer schlafenden Bäuerin, ein
grundloses Weinen, ein

stehengelassnes Essen auf dem Küchentisch in der Stadt.
Allein in einem
Kleineleutehof, Stunden aus Büchern, Tage, Monate, Jahre
aus der Leih
Bibliothek. Robinson Crusoe, Gefährte meines Ichs aus der
genitalen
Phase. Lust ist Gefahr, wer weiß, wer die Tür zur Insel
aufreißt, und man

steht da »mit dem Ding in der Hand«? Wer löst das Rätsel
der Kindheit,
die Liebe? Verborgen im Blattwerk der Ferien, bei guten
Leuten:
dampfender Schierling im Regen, Pferde reiten zum Mond,
das Zaumzeug
wiehert, es riecht nach Schaf, nach Schlaf in den Armen
einer alternden

Bäuerin. Jetzt ist sie tot, das Heu trocknet allein auf den
Wiesen.
Der Alte hütet die Felder im Jenseits – gib ihm, Gott, jeden
Sonntag
eine Flasche Schnaps, ein Päckchen Tabak und eine arme
Seele zum Zuhörn,
daß ihm die Ewigkeit schneller vergeht.

2.

Noch immer Erinnerungskrücken: Schule, Invalidenfabrik
der Hierarchien.
Das Leben findet in der Fibel statt, wer lernt, hat was
davon. Der Verlust
des Sprechens zugunsten des Lesens und Schreibens, wer
eine Alternative
bringt, lebendigen Leibes, gewinnt. Jean Jacques schweigt.
Katheder und

Bänke im Salzbergwerk. Die Lehrer – Stalaktiten. Das
Übliche. Immer
zu tun, was verlangt wird. Fertigkeiten erlernen, als erster,
ehe man
fertig ist, nicht nachdenklich jedenfalls, sondern schnell bei
der Hand.
Wer's nicht ist, zeigt die Schule der Väter, das Leben, muß
ausziehn

und die Furcht ums tägliche Brot trainieren. Dies mag der
Ursprung sein:
die Furcht, ärmer zu sein, weniger, machtloser. Marco
Polo, wie mächtig
du warst. Kublai Khan schenkte dir Pfauen, du saßest mit
ihm bei Tisch.
Oder Nansen am Nordpol, nur das Eis sah dich frieren.
Wärst du bloß

bei den weißen Bären geblieben und hättest Robben
geschossen und immer
vom Fischtran gelebt, wärst du bloß nicht heimgekehrt, um
ins Theater

zu gehn und Schönheit zu lernen. Schönheit. Mut. Ehre.
Kraft. Güte.
Opferbereitschaft. Weichtiere in den Schalen der Begriffe,
Nahrung

für Strandläufer, aufgelesen flüchtend vor den unedlen
Wortgefechten
am Feierabend, vor dem stinkenden Schweiß bei der Arbeit,
vor den Brüsten
der wirklichen Mädchen. Die Scham. Die Angst vor den
papiernen Geliebten
an eine Klowand gepinnt, vor all den umgestülpten
Orgasmen. Wer hat

mein Ich das Fürchten gelehrt? Leerräume schaffen,
konfrontationsfreie
Zonen des Ichs, wo nichts mehr gebrochen wird. Wo nichts
ist, ist auch
all dies nicht. Wer hat mein Ich in die Flucht der Gedichte
geschlagen?
Mein Ich ging an seiner Kindheit vorbei, ohne zu staunen;
ging verloren.

3.
Ich betrachte die Klarheit im Winter, wenn das Eis redet,
und seh, wie
fern die Monate sind, und bin satt. Ich sitze da und flenne
und rede
Schnee und Hagelwetter zu mir selber: Mein Herz, das du
zuckst bei jedem
lauteren Schlag, wovor fürchtest du dich? Hörst du dich
weinen als

ausgestoßener Säugling? Behalt mich noch, Mutter, in dir.
Laß mich
trinken, schwimmend, schneide mich nicht ab, daß ich
allein mich, lustlos
lebendig, zum Ende bringen muß, ehe ich fertig bin. Laß
mich noch
trinken, daß ich allein mich entwöhne, denn *das Leben geht
weiter*

als es vertretbar ist. Es ist ein Kommen und Gehen, ein
langsames
Hinübertreten der Wörter in den Fadenkreuzzustand, mit
den Herrn im
Visier. Ach, wie mächtig sie von sich reden machen, die
Mächtigen
der Sprache nicht mächtig. Wie sie zittern vorm Lärm, wie
sie den Anstand

verordnen beim Anblick von Menschen und hocken selber
vor uns mit Darm
Katarrh in den heruntergelassenen Hirnen. Fettspritzer im
Knopfloch,
Rosen aus schwarzem Autolack unter den Betten. Schon
gehen sie weg, wenn
wir nicht mehr reden wie der Kuckuck, da die Feder ihm
ausgeht.

(für Hanne und Sascha Juritz)

Tiefland

Leer und schwül
ist die Luft:

schwer.

Die Wolken
gehorchen.

Geäst richtet sich
ein, stumm. Keine
Stimme.

Aus.

Nun wird es schütten
blitzen, donnern.

Wer einen Kopf
und ein Dach

unterm einen
das andere
hat.

Sitzkrieg des Dichters

Im April ist der Himmel freundlich
verhangen, das Licht geht
oder bleibt. Auf Raupenketten
kommt die Jahreszeit, Staub kriecht
in die Lungen der Bücher
Kulturtürme
von Babel bis Brecht.

Wie meinen Herr Duden?

Ach so, Sprachlehre, Sprachleere.

Abschied 1

Besoffen sterben, wie
der antike Dichter Nedim.
In klassischem Versmaß, kopfüber
ins Goldene Horn. Dort, zwischen Autowracks
und vergifteten Fischen, dort ist
er gestorben, nichts
als ein Kommentar
zur Geschichte.

Halbschlaf

Kassiber

Noch lebe ich. Bin noch nicht tot.
Mein eigner Herr. Und Henker. Noch.
Noch seh ich diese Silbe – Lot:
mich seh ich leben. Lebe doch.

Noch leben. Kanten, Ecken, Wände
hören, sehen. Schließlich schmecken.
In diesem Treiben bis zum Ende
sein. Sich vor dem Tod verstecken.

Halbschlaf

Heut nacht, meine halbe Geliebte, hab ich vom Klee
geträumt, vom Klee meiner Kindheit. Es war Schnee.

Weiß, vierblättrig, grün. Es war Schnee und ich saß.
Vom Feld wehte der Mais, den ich kaute und aß.

Ich hab, meine halbe Geliebte, in diesem fasrigen Traum
Schierling gerochen. In wilden Kaisers Birnenbaum

flog ich – Marienkäfer und gesprenkelter Tatar.
Wo war ich, als ein Kind noch unter Menschen war?

Schnee, Schierling und Klee. Halbe Geliebte, schlaf.
Der Vater ist im Krieg, die Mutter hütet die Schaf.

Auch dich hab ich im Traum zur Hälfte gesehn. Ich sah
ein Gesicht von deinem halben Gesicht. Mehr war nicht da.

Abschied 2

für Gerhardt Csejka

Es ist niemand im Haus. An den Wänden klebt Luft.
Der Himmel wird rot und Finsternis ruft.

Streifen aus Stein in der geborstenen Welt,
bevor sie in tieferes Schweigen zerfällt.

Am Rand eine helle Gestalt. Der Baum steht allein.
Hin gehe ich. Leichtigkeit, Wald zu sein.

Kleines Requiem

Nachts ist die Luft ein schwarzer Würfel.
Geflüster verfängt sich im Draht der Antennen.

Die Freunde treiben mit den metallenen Wolken.
Sie schlagen die Türen der Koffer hinter sich zu.

Wie stumm ist das Land. Wie beredt seine Köpfe, meiner leer.
In den gestapelten Zimmern sitzt es auf Stühlen herum

und bläst den Mond auf, hinter vorgehaltener Hand.
Personen falten die Hemden zum Abschied.

Ehe der Kopf stirbt, sind die Gedanken am Ende.
Sprache zieht blank und vergräbt sich.

Eingehüllt ins Tuch der Fische, wie leer ist das Haus
schimmelnder Laich an den Wänden.

Umgebung

Hinter der Stirn das Bild von der anderen Stadt.
O heimatlicher Schutz, der sich gewaschen hat!

Die Freunde tragen ihre dünne Haut verbissen
wie eine schwere Lust. Die Fäden sind zerrissen.

Die Dunkelmänner schießen groß ins Kraut.
Aus lauter Mauern haben sie die Stadt gebaut.

Und nicht zu vergessen: ein Leben, nicht existent,
das sich zu real existierenden Sorgen bekennt.

Stadt – wo ist Heimat? Mein Haß, meine Liebe?
Ich wüßte es besser, wenn ich nirgendwo bliebe.

Bäume, wachst nur im östlichen Frühlingsasfalt –
wer euch sieht, bleibt nicht jung, wird nicht alt.

Überraschende Erkenntnis

Am Abend erst merk ich: fest verschlossen
ist meine Wohnung, keiner kann mehr
herein. Nur den Staub, der durch die Türritzen
weht, schick ich nach draußen, mit guter Kunde
von mir: eingedeckt bin ich mit allem
und mehr, wart lachend auf Nichts, meinen Freund.

Langsam falln auch die Nächte zu: die erste,
die zweite, die dritte. Der Mond tut zwar noch
geschäftig und rollt über die Dächer, aber
auch er magert ab, seit er dies Land
so paradiesisch menschenleer findet.

Sogar die geplatzten Kastanien flögen gern auf,
um mich wieder zu sehn. Heut früh
sprach der Rotwein davon, der mir dies Jahr
einen seltnen Pfennig unter die Zunge legt.

Ich seh es, ich seh es:
An den eignen Haaren muß ich mich ziehn
aus dem Teich, weg von den Enten
mit ihrem blanken Geflüster, die nicht untergehn,
wenn sie schwimmen.

Märchen zur Unzeit

Schnee fällt. Warum hat der Kuckuck gelogen?
Die Asche des Sommers fällt. Schnee.
So hat der König uns also betrogen.
Fällt auf den Fischer, die Kinder, das Reh.

Der Fischer kehrt heim. Er ist, was er war.
Der Butt reiht Masche an Masche.
Fällt mir ins Auge, fällt in dein Haar –
zerrissen das Garn: Schnee fällt zu Asche.

Alles und nichts ist in Käfig und Reuse.
Die Welt ist entzaubert, Hans ist im Glück.
Wer nicht mehr am Gold klebt, sagt leise:
Einmal nach Bremen, hin und zurück.

Gedicht für dich

Ein Vogel, fliegend, tut Schweres.

Vergiß es nicht:
Er fliegt.

Es zieht ihn hin zur Erde, als wäre
was ihn trägt, so schwer
wie alles über ihm.

Er sieht die Bäume, und die Kirsche
lockt ihn nicht: ihn hebt das Leichte
auf, als wäre er ein Stein, getroffen
von einem größern Stein.

Als wäre alles leicht: der Vogel
Baum und Kirsche, die ihn tragen
wenn er fliegt
und also Schweres einfach tun.

Portrait

Sie kommt und geht. Ihr Auge lacht zu laut.
Sie zittert vor heimlicher Vergänglichkeit.

Veränderung. Sie spricht von Wärme, fröstelnd
im Hemd der Wörter, die sie kühler überragen.

Ihr wird die Lust zur Lüge, die sie noch
ertragen kann. Unwillig schüttelt sie die Haut

der Haut ab, blau vor lauter Blut im Schuh.
Sie kämmt das eine Haar sich aus dem andern

und spült, was sie noch haben könnte, weg:
Ein Prinz muß vor der Tür stehn, bettelnd.

Nana

Nana ist alt. Neben
der Königin der Nacht
sitzt sie im Hof. Das Leben,
sagt sie, hat alles gemacht.

Sie sagt, sie hat genug
gesehn. Das Gold im Mund
sei für den Sarg, der Krug
gefüllt. Auf den Grund

komme keiner. Nur lesen
könne sie nicht, zu spät.
Aber schön sei's gewesen.
Dann seufzt sie und geht.

Und es zieht in meiner Hand,
an der sie mich hält
wie aus einem Schlafen am Rand
der übernächtigen Welt.

Gespräch

Du sagst, hier ist nichts. Denke nach:
Im Garten werden die Hölzer wach

ich trage ein Vogelherz unter der Zunge.
Du sagst, ein tieferer Zug auf die Lunge

und schnell vergeht, was uns hält. Hör zu:
Helle Finsternis – wir sind hier, ich und du

Lust und vergiftete Bäume, Ruhe am See
bleierne Klarheit im Winter und Heimweh

nach nüchterner Ferne, aus der wir ertragen
was uns in die Flucht der Hoffnung geschlagen.

Verwandlung am See

So seltsam schwer, was mich bewegt.
Ein Blatt, das Kreise in mir schlägt.

Ich wache auf und werde Luft
und weiß, daß Dunkelheit mich ruft.

Das hebt mich auf. Und trägt mich hin.
Ich seh ein Flugzeug hell vorüberziehn.

Es tut nicht weh. Ein Schrei aus Licht
die Asche bleibt. Mehr weiß ich nicht.

Dann spür ich, daß der Regen fließt.
Ich werde, was ich war. Ich bin, was ist.

Elblauf

Ufer, die immer weiter auseinanderrücken:
ihn betrifft's nicht. Kein Hunger nach Brücken

zwischen hüben und drüben. Er fließt
durch Landschaften, deren Grenze er ist.

Unterwegs berührt er so wenig: so viel,
daß es reicht vom Ursprung zum Ziel.

Er ist, was er sucht, was nicht bleibt –
ein Teil von der Kraft, die ihn treibt.

Wir winken mit bunten Fähnchen am Rand.

Die Ente

Am äußersten Rand meines Kreises der Teich
den ich grad noch erreichen kann, wenn ich
nicht fahre. Ein Teich unter kahlem Geäst

weil Winter ist. Die Sonne hat ihn vereist.
Brüchig und trüb, schlecht drauf zu gehn.
Menschen sitzen auf Bänken, Krücken am Knie.

Ich steh langsam auf, ich steh langsam auf
und geh. Ich beweg mich. Ob wohl zerbricht, was mich
trägt? Meine Glieder hängen einzeln an den Fingern

des Nachmittags, *das Paradies ist verriegelt.*
Unter mir knistert der Schatten des Cherubs, also
verreise ich in die Mitte des Eises: wenn ich Glück hab

dauert's nicht lang. Und die Ente: ein gefiederter
Fleck Hoffnung auf Hoffnung auf Hoffnung, die
ich verliere und bin, weil es die Ente und mich gibt.

Tiresias' Frage

Ich bin so blind geworden,
daß ich nichts mehr sehen kann
in diesem Land, in dieser Zeit,
in der ich lebe
außer mir.

Meine Freunde muntern mich auf: Du hast es gut,
reden sie, du darfst als erster über die Straße,
du hast einen weißen Stab, und wenn am Abend
auch für uns die Finsternis einbricht,
brauchen wir deinen Rat.

Sie haben recht – man nimmt Rücksicht
auf Blinde. So seh ich mich vor und rede
von Glück, vom Glück, die Bäume zu loben,
die angebrochene Jahreszeit, die ruhige Unrast
der Wolken.

Aber noch glaube ich, um drei Ecken herum, auch
etwas wie Menschen zu kennen, noch kann ich
die Blindenschrift lesen, noch weiß ich, das Leben
ist schön, schöner noch als der Tod. Und wer weiß,
ob es wirklich der Sehende ist, der den anderen zuruft:
Ein Land ist in Sicht?

Fragment für Arnika

Ich weiß nicht, aber ich glaube, Kunst beginnt dort,
wo das Leben wieder beginnt. Deshalb, verstehst du,
schlafen wir nachts, damit wir nicht gekämmt laufen
durch diese Welt, in der ein Kuckuck die Morgenstund
erzählt.

Mir fällt ein Name ein: Anemone. Anemone, Arnika,
vorm Fenster ein Baum, ein Raum, ein Bandelmaum –
dies ist unsere Heimat,
das von vorhin, was
war, das war nicht
ich, das war Celan, das ist vorbei, das von vorhin, vorbei
und wohin.
Es war einmal im Sommer,
dafür kahl und wie tot.
Verwandelt, natürlich, vergangen.
Gut so, verstehst du, sage
ich,
gut so. Gegen das Sterben sich verändernder Dinge ist
nichts
einzuwenden, verstehst du, sage ich, gegen das
Ganze,
das ganz andere
Leben. Neunzehnhundertundsiebzig, im März,
ist es in die Seine vergangen und hat woher gesprochen,
knapp,
fünfzig Jahre lang, heiser.
Aber ich glaube, ich spinne.
Ich weiß, ich vergesse schon nichts
mehr, d. h. ich bin,

Moment, einunddreißig, verliebt, in
mich, in den Tod.
Na,
ich lebe, warte, ich mache, ich lese
dir etwas vor, ich mache
mir eine Heimat, etwas vor
langer Zeit: Alles ist nur
eine Folge von Ursachen und hat seine Grundordnung.
Aber
für Sie, meine Freunde, hat das Alphabet einen Buchstaben
zu viel, entschieden zu viel, meine
Freude. So zerstöre ich
mich und gehe Bleibendes stiften, mit hilflosen Fingern, ja
ah, klamm,
heimlich pochend, von innen, an die Wand
meiner Haut,
die Welt im Kopf, halb traurig,
halt froh, und lebend,
verstehst du, sage ich, von dem wenigen, das ich nicht weiß,
daß ich nicht weiß, und auch das ist zu viel, daß ich
zerplatze. Lauter
Leben. Man kann das ganze Zeug
nur einmal schreiben, ein einziges Mal, verstehst du,
dann verliert man es, dann hat man es schon verloren
und es fängt etwas anderes an.
Raum und Zeit,
ein Pferd für uns
und die Sterne.
Und bleibt alles, verstehst du, und bleibt alles
beim Alten, der vergessen hatte, daß es sich nicht schickt,
Weltmeere zu spucken, sage ich,
zum Kuckuck, der zählt,
außer der Speichel ist zweifelsfrei
keimfrei.

Aber wenn alles beim Alten bleibt, ist es ja gut, ist es
ja aufgehoben, gut aufgehoben, meine ich, hier, jetzt
und hier sagen zu dürfen, dir.
Dort ist es gut, weißt du,
ich weiß nicht, aber ich glaube, es ist schon gut,
daß wir leben, daß wir zweifelsfrei leben, nicht frei,
von Zweifeln, meine ich,
nicht frei, aber wir leben, nicht wahr, ganz
und gar nicht wahr, aber wir leben, nicht ganz, nicht ganz
wahr, nicht ganz frei,
ganz frei, meine ich,
vom Keim
vom Keim des Zweifels, aber: wir leben.
Jetzt fehlt mir
ein Zauber, ein Buchstabe
zu einem anderen Wort, mir
fehlt jetzt ein Grashalm, ein Baum, eine Pflanze, ein Rasen
an der Grenze des Schlafs, ein Rasen gegen die Grenzen
der Ränder, gegen die Lehne des Stuhls, auf dem, meine
ich, meine
Sprache sitzt, auf allen vier
Buchstaben,
fertig und fett,
mir fehlt jetzt ein Blatt, ein Blatt
Papier, nur ein Buch, nur ein einziges Buch, ein Buch,
Stab für Blinde, ein Buchstab, und, seltsam, er kommt
mit dem Zorn, mit dem Zorn, der so blind macht,
zu leben:
zu lieben.
Liebend zu liegen im Gras, bis wir es wachsen
hören, das Gras, wie ich schon sagte, über unseren Köpfen.
Ich nehme das Wort in den Mund und zerkau es, dann
spuck ich

es aus, das Wort,
das Wort
Liebe, reinste Sünde
der Unschuld, verloren, verstehst du, stehst du
im Dunkeln
und pfeifst, sage ich, und pfeifst
dir ein Lied, ein Augenlid
auf den Lippen, auf den pfeifenden Lippen, ein Tropfen
aus Plastik,
Blut im Aug, ein Lied,
ein Liedaugenlid, ein
Augenliedlidaug,
entblättert, wie dieser Morgenfluß
voller Rauch, voll künstlicher Finsternis.
Ich schlafe, ich schlafe
ein. Ein
und aus gehe ich
in der Hütte des Schlafs, am Ufer
unter den Weiden, da bin ich, verstehst du, zu Hause, da
kann ich schlafen und lachen.
Oder ich schwimme hinüber
und trinke Wasser, in kleinen Zügen, aus dem Fluß, und
neben mir, ja, neben mir,
ah, schwimmt das, ah, das, das
bäh, ah, wie das schwimmt, das,
bäh und das ah, das ah bäh,
wie es schwimmt, das alles. Vergessen.
Mein Gott, ein Müll,
Beutel voller Fische, die zu mir sprechen, lautstumm,
mit dem Echo der Leere, mit klappernden Kiemen, mit
Zähnen.
Knirschend lege ich mich,
sage ich, in die Riemen
des Schlafs,

verstehst du, hinüber, und erreiche das andere Ufer, auf
dem
das andere Ufer hinter mir liegt,
und ich bin da, und nichts
ist da, verstehst du, sage ich, als das Wasser, der Weißdorn
im Fleisch, meine Hand, die, meine ich, Gott hält, den
Müll,
Beutel, Säcke, Striemen vom Aufwachen, Schlaf,
ein weicher
Boden unter dem Fuß, der mich hält, in den ich sinke,
mit weit offnen, lachenden, mit geschlossenen Augen, und
winke, verstehst du, dir zu, mit bunten Fähnchen aus
Staub,
aus Wörtern, mit langsam müder werdenden Wörtern aus
Staub,
aus denen das Fleisch entsteht, verstehst du, das Fleisch
zwischen den Wörtern, der Haut. Ja,
ah, bäh, ha, weh!
Immer
ist der Sinn in der Mehrzahl, nur wir leben
allein mit
den Sinnen.
Nichts
mehr.
So, weh, so ein Unsinn, im Wahn,
Sinn zu sprechen, nein, nicht im Wahn, im Sinne der
Sprache,
im Unsinn, verstehst du, der Welt, der Kunst, in dieser Welt
zu sprechen, ohne zu schweigen, über diese Welt, über
die Kunst, darin zu leben:
wie ich schon sagte.
Einer ist
zu den Fischen gegangen, ich sagte es schon,
neunzehnhundert

und siebzig, und hat vorher, verstehst du, zu den Stummen
gesprochen, sprachlos, vom Sprach-Los.
Und die anderen,
verstehst du, sage ich,
haben nichts vorzuweisen, also. Diese Blechbüchsen am
Bahnhof,
sie bedeuten
nichts, und die Regierungen sind also
eine Versammlung von heiteren Göttern, denen man ihre
Fehler
nachsieht, weil sie nur Menschen sind.
Ja, verstehst du,
die Menschen haben die Nachsicht.
Gut, ja, ich weiß,
auch nur ein Wort.
Und was sind schon Wörter?
Lemminge.
Auch ich werde, verstehst du,
sage ich, weniger
während ich spreche. Das Leben,
das Nichts, diese Wörter,
das Wenigernichts als das Nichts,
als das andere Nichts, das
Nichts, sage ich, ohne Wörter,
das ist kein Leben, verstehst
du, wenn du nicht sprichst, ohne Wörter, wenn du nicht
schweigst.

Ich schlafe, ja, ich schlafe mit Wörtern,
ich schwimme mit ihnen hinüber, ich lebe, ich schlafe,
in ein anderes Leben, mit dem Tod schlafe ich, lebend im
Wort, im

Nichts dieser Sprache.
An den Grenzen
des Nichts, dieser Sprache, zerbreche ich, verstehst du,
sage ich, mir den Kopf, mir das Herz.

Ach, ich spinne. Ich muß spinnen. Der Faden, an dem, du verstehst, dieser Text hängt, der dünne Faden, er reißt, und ich hänge daran, ich muß spinnen.

Versuch

»Jedes Wort ist ein Wort zuviel.«

E. M. Cioran

Vielleicht kann man sprechen, indem man schweigt:
über die Versuchung, etwas schweigend zu sagen.

Gut, auch darüber kann man schweigen, aber
dann hat man ja schon gesprochen. Ganz laut

oder leise, vielleicht, aber man ist jedenfalls
weniger, sage ich, schweigend, über den Zweifel,

viel weniger geworden als man war, da man schwieg,
ohne Zweifel, und lebte. Also: wie schweigt man

am besten, ohne darüber zu sprechen, daß man eigentlich
spricht, wenn man schweigt? Das ist vielleicht nicht so

wichtig, könnte man sagen, denn aus dem Nichts
dieser Sprache taucht die Haut dieses Nachmittags auf:

auch ein Land, plötzlich, das Nichts, diese Versuchung,
darüber zu schweigen, dauernd zu sprechen, über

die Versuchung des Nichts, den dauernd wechselnden
Nachmittag dieser Sprache, in der man zwei Sätze

schreibt, dauernd. Diesen, zum Beispiel, den ersten,
über die Versuchung, in dieser Sprache zu schweigen.

Und diesen, den letzten, über den Satz, auf dem Rücken
der Sprache, über das Schweigen hinaus, nichtswärts

nach Hause, ins Sprachland, in ein starres Gesicht.

Im Turm

für Rose Ausländer

So hellem Grauen bin ich schon entgangen.
Und hab mich schon geborgen in der Ferne.
Und denke mich ins Unheil mit Verlangen
nach Gegenwart. Ich sehe nicht mehr gerne.

Zu schönen Morgen bin ich blind gekommen.
Und lebe längst verloren in der Nähe.
Und diese Zeit, geschenkt, zurückgenommen,
war meine Zeit. Wenn ich sie immer sähe.

Jenseits leben

Eines Tages bringen Freund Hein und Rühmkorf mich zu
Heine.
Da vertreten wir uns melancholisch die Beine,

wenn der Himmel uns in der Kehle gefriert
und Frau Mathilde ihr Engelskostüm anprobiert.

Hei, Henri, da gibt es ein Wiedersehn –
wir werden vor galliger Freude zergehn!

Dann hast du wieder das gewisse Lebensgefühl
(kennst es vom übertriebenen Liebesspiel),

denkst wohl an Deutschland in der Nacht
und kannst nicht mehr die Augen schließen.

Heinrich, geh hin. Besuch die Madame Lorelei.
Kämm ihr die Haare. Oder laß es. Einerlei.

Geteilte Gruft, die uns geblieben ist,
und knappe Luft, die uns beim Atmen frißt.

Tübingen, März

Scardanelli, der Dichter, ist wund
von Liebe. Träumt, was ihm gefällt,
entrückt und untertänigst. Im Mund
ein Messer für das Maß der Welt,

ein deutsches Versmaß. Unerkannt
beide Teile der Seele. Gemüt
und Geist mit dem Rücken zur Wand,
vor sich die reine Natur. Verglüht

wird der Neckar sein, himmelwärts
fliegt die Asche der Wörter, Mauern,
verrostete Luft. Weh mir, ein Schmerz,
mein deutscher Wunschtraum vom Trauern.

Kleist im Kopf

Himmel, wie grau du bist. Und oben stehst.
Phoebus treibt, ein Abendblätterrest.

Vogel Merops, gegen die Erde gekehrt,
wärst du zweifach und dreifach, unversehrt

flögest du. Beflügeltes Paar.
Wörter bleiben. Vergessen, was war –

die Bleiche, der Müller, das Ufer der Spree.
Jette, die Nachtigall. Kutsche und rötlicher Schnee.

Villon unterm Galgen

Solang ich frei war, hielt sie mich gefangen.
Nun bin ich gut geschnürt, nun darf ich gehn.
Nichts ist zu wenig: sogar dies verstehn
zu viele. Wem das Hohelied vergangen,

der pfeift es von den Dächern. Notgesänge
aus jeder Spalte dieser Freudenwelt –
ein Narr wie ich, wem dieses Lied mißfällt,
wer (Narr! Wie ich!) mit viel zu loser Strenge

als Henker unterm Strang das Opfer spielt.
Frau Welt, du hast mich gut genug gestillt!
Ich trinke aus. Ein erstes Mal betrunken

von ungestilltem Durst nach eignem Sein.
Es widersteht, wer fällt. Papier der Stein,
auf dem ich steh. Er rollt. Ich bin versunken.

Liebende

Sie wollen nichts als sein. Nicht mehr. Das Dach
ist ihnen Dach, die Last noch Lust. Noch ganz
die Silbe Wort, geteilt. Ein naher Glanz
macht sie für uns zu Fremden. Sie sind wach

und schlafen ruhig. Sie leben einen Traum,
als gäbe es fürs Lieben keine Frist,
als wäre tot, was nur vergangen ist.
Sie tragen nichts; nur jenen einen Raum,

in dem der andre trägt. Allein zu zweit,
sind sie im Einen. Was hat die Endlichkeit
zu tun mit ihrer Zeit? Und welche Welt

ist so in ihrem Sein wie jener Schlaf,
der jedem sagt, was je den andern traf?
Sie liegen nah. Sind ganz auf sich gestellt.

Haus

Ich habe gewohnt in diesem Haus,
bis an den Rand der Gewohnheit.

Ich habe gegessen in diesem Haus,
bis an den Rand des Hungers.

Ich habe gelacht in diesem Haus,
bis an den Rand der Verzweiflung.

Ich habe geliebt in diesem Haus,
bis an den Rand des Hasses.

Ich habe gesprochen in diesem Haus,
bis an den Rand des Schweigens.

Wenn ich in diesem Haus nicht sterben will,
dann muß ich anders leben.

Durch dieses Land

Null

Eingehen in Deutschland und aus ist schön fast
keine Kontrolle zum Glück das macht frei Vogel
hier bist du drüben ein paar Fragen keine Reden
Erklärungen werden hier nicht verlangt nichts keine
Macht null keine Rede ist hier von Reden alles
geht und ist so und macht daß es so geht so daß
hier keine Rede von Sprache sein kann nein null

Durch dieses Land

Winterflächen weiß braune Flecken an manchen Stellen
Erinnerungen an früher als das Gras nicht mehr wuchs
dort wo die Väter sich hinsetzten sangen frühmorgens
im Freien wenn es dir etwas bringt laß dich nicht töten
geh wenn es dir etwas bringt wenn du willst du bist frei

In diesem Land keiner zwingt dich in diesem Land
zu leben Winterflächen weiß braune Flecken verkrustet
an der Bahnstrecke neben dem Fluß kein Blut fließt mehr
in diesem Land wer überlebt hat hat überlebt und will
überleben schmerzfrei geheilt keine Geschichten mehr

Hören und sehen das ist vergangen in diesem Land
wo du bleibst wirst du nichts finden als Winterflächen
weiß braune Flecken die Räder drehen sich woher wohin
mit den Toten von früher die Gräber sind alle besetzt
wenn das goldene Frühjahr kommt tauen sie auf dann geh

Der unbekannte Soldat

für Gisela Lindemann

Weiter südlich, auf
dem verlassenen Acker, im
Regenzelt, steht er auf Posten,
schief, in zu kurzen Hosen.

Um die nackten Knöchel weht
der Dezemberwind, den Hut hält
ein blaues Band, ihn fiebert
posthum. Er grüßt stumm
in den Tag hinein, mit unbewegtem
Gesicht, und zeigt auf
das unrasierte Gesicht
dieser Erde.

Aber hurra,
das Leben geht weiter, es
fährt auf tausend Rädern
vorbei, und wir sitzen
drin, als geschähe
ihm recht.

Mit seiner nützlichen Häßlichkeit
scheucht er, halbwegs willkommen,
die Vögel, hält Ehrenwache für die Opfer
einer fast schon vergangenen Zukunft
und feuert Salut
mit dem Besen.

Der Logenschließer

für Harry Oberländer

Er öffnet für das Theater und er tritt
zurück ins Dunkel. Er hat es oft gesehen.
Was ist denn wirklich wichtig? Die Mäntel
und Hüte an der Garderobe abgeben, an der
ein Mensch sich sammelt? Für
die uralte Geschichte, die auf der Bühne
geschieht? Oder sollen wir auf die Straße
gehen, den Moment mittlerweile nur ab-
warten und die Notwendigkeit lieben
lernen? Mit uns zu leben, das ist das
schwerste, um ein- und auszugehn
bei den andern, die jetzt vielleicht im
Theater sitzen und denken, daß das, was sie
sehen, ein Schauspiel ist. Der Logen-
schließer zündet sich auf dem Gang die
vorletzte Zigarette an. Er hat Rosetta
auf den Brettern gesehn. Dann geht er,
wahrscheinlich gegen elf, nach Hause.

Gerettet

An die Namen jener, die
uns geschlagen haben, erinnern wir uns
bis ans Ende unserer Tage.

Unsere Flucht nennen wir
Vertreibung, als kämen wir
aus dem Paradies, als schämten wir uns
dafür, daß wir nicht mit den Gegnern
marschiert sind.

Daß sie so mächtig waren, sagen wir.
Und daß unser Schrecken so groß war,
größer als unsere Kraft, führen wir
ins Feld, als müßten wir uns noch
immer verteidigen.

Eingebrannt auf unseren Stirnen
ist das Schandmal der Opfer.

In unseren Adern fließt Asche.

Offener Brief

Ich höre, mein Freund, du seist ein andrer
geworden, ohne dich zu verändern, jenseits
der Grenze. Du seist also noch
immer der gleiche, und man erkenne
dich unter den Trümmern
nicht wieder.

Ich sehe, mein Freund, die Verhältnisse
haben sich verabschiedet von dir, aber
diese Geschichte ist einseitig, wie du
einmal gesagt hast. Früher. Als wir noch
nicht aufgehört hatten, uns zu verabschieden.

Ich spüre, mein Freund, deine Freunde
sind gezählt. Sicher, wer lange Zeit
nichts hört, hört zuletzt auf
das Echo. Grimassen aus Gräbern.

Ich schmecke, mein Freund, immer noch Dummheit
und Papier und Gewalt, und, mein
Freund, ich rieche Nachrichten, die riechen
nach nichts.

Aber ich weiß auch, mein Freund, daß ein Wort
manchmal stärker ist als der, der es
spricht. Zum Teufel also mit den Botschaften
meiner fünf Sinne, ich verlasse mich
auf den Geheimdienst des sechsten, mit dem
ich noch lesen kann. Was du
nicht sagst und warum und zu wem.

Gedicht für Brecht und den kommenden Herbst

Die Wirklichkeit Herr Kollege ist manchmal wirklich
etwas was einem vom Hörensagen her so vertraut ist
daß einem bei dem Gedanken daran Herr Kollege die Zeit
schneller vergeht als der Kalender es anzeigt sie ist
nichts als ein Symbol für den Mangel an allen besseren
Möglichkeiten sie zu verändern Herr Kollege wir stehen
mit einem Bein auf dem Boden der Tatsachen und mit dem
anderen auf dem Boden der Träume wir tanzen Tango
mit der Dialektik es kann nicht ausbleiben daß man
sich dabei auf die Füße tritt denn sogar die
Kaninchenzüchter werben in ihrem Mitteilungsblatt
für die Aufzucht von Hühnern seit sie erkannt haben
daß Veränderung not tut Herr Kollege die Wirklichkeit
ist in den Abgrund gefallen und begegnet uns dort
als Wortgeflimmer aus einer anderen Zeit als man noch
anders liebte als auf dem Bildschirm und anders starb
als in der Zeitung Herr Kollege wir wollen uns nicht
beklagen uns hält was zerfällt das ist die einzig
mögliche Hoffnung auf einen Anfang im kommenden
Herbst
Herr Kollege wenn der Sommer vergangen sein wird und
der nächste Frühling und Winter bevorstehn bis dahin
aber kommen die Störche mit ihren schwarzweißen Federn
picken uns von der Straße auf und fliegen nach Afrika

Tagsüber

Wie spät es in Wirklichkeit ist weiß
keiner es ist spät oben auf dem Dach
gurren die Tauben dann ist ein Schwirren
in der Luft später Stille übers weiße
Papier gleiten die Finger und Ruhe
breitet sich aus eine andere Ruhe

Unten an der Haustür klingelt es
einer begehrt Einlaß was soll das
bedeuten ich öffne zwecklos hier
zu sitzen während es läutet besser
ich mache die Tür auf die zwei
Tauben sind vielleicht endgültig

Weggeflogen der Schornsteinfeger
steht vor der Tür welch ein Glück
er braucht meine Unterschrift wie spät
es ist weiß auch er nicht aber ich
denke ich kann das auch er schließt
hinter mir ab und sitzt in der Küche

Vorm Fenster

Es regnet und sie sagt
daß es regnet wie jemand den ich nicht
kenne ihre Hand bewegt sie wie jemand
den ich nicht kenne unter ihren Augen
wird der Kaffee kalt in der Tasse des Nachbarn
den ich meide seit ich weiß wie er
mit dem Auto am Briefträger vorbeifährt

Ich kenne das das ist
mir vertraut ich könnte ihn
töten wenn ich es wollte
mit einem Apfelkern

Aber die Flecken vom Rotwein
auf der Tischdecke sehen sie nicht
wie Blutflecken aus und ich erschrecke
bin sprachlos spreche bewege meine Hand
wie jemand den ich nicht kenne Oktober
schon Glatteis morgens und Nebel während
es langsam spät wird zähle ich
meine Schuhe und Hemden

Während ich atme

Während ich atme werde ich traurig
zwei Gläser zerbrochen und ich dachte
irgendwie hat sie mich vielleicht
verstanden die graue freundliche Luft
ich habe nichts gegen sie früher
haben hier Menschen gewohnt ich habe

Nichts gegen sie nur manchmal merke
ich während ich atme daß es heute früh
spät wird daß es heute nie wieder
Morgen wird nie wieder schlafe ich
lang aber heute früh stehe ich auf ganz
früh stehe ich auf hol uns zwei Gläser

Voll Luft probe Aufstand während ich atme
werde ich traurig weil Katzen schwarz sind
und die Sonne gelb rot funkelt der Wein
vor lauter Liebe bedeuten die großen
Irrtümer nichts wie warm deine Hand ist
irgendwie scheitern wir an den kleinen

Ende November

für dich

Der kleine unvernünftige Vogel vorm Fenster er singt schön
daß es schneit sagst du aber vielleicht hat er die Katze
mit den funkelnden Augen gesehen die Katze die sich nicht
vor ihm fürchtet wer weiß heute früh es war kalt
saß also dieser kleine unvernünftige Vogel vorm Fenster
und sang da warst du schon lang aus dem Haus ich hab
gedacht
gestern morgen hab ich zu lange geschwiegen gestern
war ich vernünftig einfach zu lang auf das Richtige geachtet
die Zimmer gelüftet traurig geworden daß alles so wird
wie man es macht so traurig wie Schnee in dem die Katze
ihre Spuren hinterläßt leise Schnee kann nicht singen
aber der kleine unvernünftige Vogel singt das ist vielleicht
besser als Bügeln oder das Richtige tun mit aufgeplusterten
Federn zu singen ist gut auch klein sein und mit dir fliegen

Es ist alles

Es ist nichts geschehen das Dach überm Kopf ist nicht
abgebrannt an den Wänden hängen die Bilder kunterbunt
ist dieser Herbstnachmittag wie im vergangenen Jahr nichts
hat sich verändert das Haus steht noch immer weiß ich
nichts ist ferner als eine Nähe nichts ist wirklich
geschehen der gute Wind weht er weht die guten Wolken

Ins Ausland gehen wir ins Cafe um die Ecke schön schön
dieser Nachmittag ein Blatt ist vielleicht eine Nähe
ein Blatt auf der Straße aber da sind Türken und Juden
mit ihren Besen da bin ich angezogen schief es ist nichts
wirklich Schlimmes in dieser Gegend geschehen hier ist
nichts wirklich geschehen davon kommt eigentlich alles

Es ist alles nichts wovon man sagen könnte es sei alles
könnte man sagen aber was kann man sagen wenn man hört
nichts ist geschehen das Haus steht in dieser Gegend still
das ist vielleicht eine Antwort kein Wort keine Silbe kein
Laut die Bilder ruhen sich aus aber ich bin ich bin hier
sieht man den ungeduldigen Mond es ist alles ganz anders

Es geht weiter

Am Hauptbahnhof dieser Stadt dachte ich es ist
Endstation aber plötzlich setzte sich der Zug
in Bewegung es war zwar eine andere Richtung es
war die entgegengesetzte Richtung aber es war eine
Richtung eine Bewegung auf zwei Koffern sitzen
nicht schön nein aber vielleicht irgendwo ankommen

Endstation es geht weiter sage ich mir es geht es
geht weiter es hört nicht auf hier war dein Ziel
nicht dein Irrtum zum wievielten Mal war dein Ziel
deine Flucht zwei Koffer sind leer geblieben fast
du wirst sie zu füllen haben du hast genug davon
gesehen gehört gespürt um irgendwo bleiben zu müssen

Und na und es ist Zeit zu gehen selbst Abschied
zu nehmen von dort wo es ihn im Überfluß gibt
im Gehölz ein Stück Tuch am Nachmittag ist ein Stück
Tuch im Gehölz so ist das ein kleines Stück Tuch
ja weit besser ein Stück Tuch im Gehölz als dieser
konzentrische Traum in gelüfteten Zimmern

Quer durch dies Haus

führt eine Grenze auf der einen Seite die Liebe
auf der anderen Seite der Tod abwechselnd
werden die Begriffe verwechselt bis die Sprache
verstummt bis ein Herz in tausend gläserne
Augen zerspringt dann kommen die Maulwürfe
Lurche um den Menschen endlich Beine zu machen
zum aufrechten Gang zu verhelfen dann sollen
sie gehen dorthin woher sie gekommen sind und
dort eine bessere Welt bauen als diese die
von Gott stammt oder vom Kaiser von China oder
vom real existierenden Kapital sie sollen viel
Geld verdienen und gleich sein untereinander
die Haare mögen ihnen ausfallen auf dem Weg in
die Zukunft dann wird man endlich sehen daß es
darunter gar keine Köpfe gibt als höchstens
zur Tarnung jenes Lochs in dem der eiserne
Vogel sitzt den man zu deutsch Seele nennt

Fluchtpunkt

Nachts ein kleines Licht überm Tisch ist alles sogar
der kleine Falter weiß das doch statt einfach zu leben
mit zusammengefalteten Flügeln sucht er etwas aber
sechzig Watt für ein so kurzes Leben sind genug früher
oder später ja ja wer fliegt verbrennt sich die Flügel

Der Mond hängt seit Stunden im Fenster Geräusche
wie von den Sternen das ist alles zu spät kleiner Falter
der Aufstand gegen die Fremde daheim sein nie geübt
immer nur das knappe Lächeln mit dem Rücken an der Wand
und das Immergleiche mit dem Dauernden verwechselt

In den dunklen Ecken dieser Zeit herumgestanden Lear
gespielt bis es nichts mehr zu spielen gab geflüstert
Grammatik geübt mit den Bauchrednern flüsternd immer
wieder flüsternd uns aus der Affäre gezogen lächelnd
geschwiegen bis es nichts mehr zu sagen gab flüsternd

Notausgang

für Sascha Juritz

1.
Nähert man sich dem Lande,
darf man aufatmen: Land ist in Sicht.
Es riecht gut, auf dem Acker,
in der kleinen Verdunkelung,
es hat einen Sinn. Alles wächst
wieder, auch das Gras in der Seele, sagen
die Alten morgens, wenn es schön ist, dort,
auf dem Land, und bestellen
die Felder.

2.
Die schöne Wut im Bauch, das schöne Land
der Väter im Kopf. Das ist
das eine, das zerstückelte, das mehrmals
zerstückelte Inland, das
man sich einhandelt, sobald man
zu denken beginnt: sobald
man die Augen aufschlägt.

Doch auf dem Lande, ach, auf
dem Lande der Freunde, nach gelungener Flucht
und Vertreibung, mit Freunden, auf eigenem
grundlosen Boden, wie da plötzlich der Wind
rauscht, auf jenem Land, in den Blättern
der Riesenfarne, plötzlich hören wir, plötzlich
waren wir alle gleich, in der Erinnerung (ja, dort), ächzend
und rastlos, ja, dort, wo wir schwiegen, hörten wir
plötzlich.

3.
Hier dürfen wir schweigen und denken,
meinen wir heiter:
                                        Im Schatten
spielen, mit dem Maulwurf, in seiner
kleinen Verdunkelung, in der Höhle
warten und Iltisse zählen, Zwiesprache
halten mit, ja, mit wem wohl, man weiß
ja, mit wem, auf dem Land.
Aber dieses Land ist woanders.

4.
Klamottenland, Zwangland, Kopfland,
Scheißland, Vaterland, Muttersprache, liebes
Land, verlorenes Land: das Land
ist vertrieben, wir sind geblieben, landlos
leben wir nun auf dem Lande, nach
wenigen Rückzugsgefechten, eine aussterbende Art
von Verschonten. So reden wir
uns die Verlegenheit vom Hals, daß es uns gibt. Sagen wir.

5.
Sobald man die Augen aufschlägt, reden die Leute
des Landes, hat man etwas zerschlagen. Diese
Leute. Man hat diese Leute zerschlagen, sobald
man die Augen aufschlägt. Dieses Land ist zerschlagen.
Die Leute in diesem Land sind geteilt. In diesem Land
lebe ich, mit diesen Leuten.

6.
Vor diesen Leuten fürchte ich mich.
Vor diesen Vertriebenen. Vor dieser Heimat.
Ich ziehe aufs Land.

7.
Ich ziehe aufs Land, zu den Freunden.
Ich benütze den Notausgang. Es ist gut, ein grünes Licht
im Dunkeln zu sehn. Ich flüchte in die Vertreibung.
Ich ziehe es vor, mit den Tieren zu sprechen.
Ich ziehe es vor zu sagen, daß ich mit niemandem spreche,
in diesem Land. Es ist gut. Lautlos begebe ich mich
zu den Maulwürfen mit ihren Stimmen, die ich nicht sehe.
Ich schlage die Augen nicht auf, nichts wird zerschlagen.
Oben sind Leute und reden. Und reden. Und reden.
Und reden. Von Frieden und Freundschaft. Sie reden so lange,
bis man gestorben ist. Sie reden so laut, daß meine Freunde,
die Maulwürfe, aufwachen.

8.
Die kleinen Striche, die mein Freund aufs Papier malt, der
Maler, die kleinen Striche, sind kurz. Sie sind leise.
Der Maulwurf, mein Freund, malt kleine Striche. Kleine Striche.
Die Augen bleiben geschlossen, nichts wird zerschlagen. Kleine Striche
und Stimmen sind ganz. Ganz anders. Sie bleiben ganz
anders. Meine Freunde, die Maulwürfe, bleiben ganz anders:
Immer fangen sie an. Sie fangen immer von unten an. Sie schlagen
die Augen auf und sehen nichts. Sie fangen von unten an.
Sie beginnen unter dem Land. Unter dem Land ist ihr Ursprung.
Es schreckt sie nicht, unter der Erde zu sein, denn dort
ist ihr Ursprung: unter den Leuten. Sie zeichnen

kleine Striche ins Land und haben ein Haus: Es ist gut.
Nachts wollen die Maulwürfe nichts von den Leuten.
Tagsüber
bleiben meine Freunde, die Maulwürfe, blind. Tagsüber
sehen sie,
wie dunkel es ist, und sie sehen, daß es irgendwo hell ist.
Meine Freunde sehen den Notausgang, ein grünes Licht im
Dunkeln.
Und sie graben, meine Freunde, unter dem Land, sie
graben und graben,
sie graben unter dem Land, unter der Finsternis, der
weißen
Finsternis dieses Landes, der Leute in diesem Land, in
diesen Ländern, und dann kehren sie dorthin zurück, wo
die Leute
das Licht vergraben haben: unter das Land, unter die
Länder.

9.
Es ist gut, kleine Striche zu sehen. Kleine
Häuser. Es ist gut.

10.
(»In deiner Einfalt riefst du auf den Knien
Zu dem, der lachte, als die Nägel schrien«): Es ist nicht gut
zu rufen, wenn jemand vergraben wird, sonst wird man
vergraben.
Und es ist nicht gut zu rufen, wenn man vergraben wird,
sonst
wird man tiefer vergraben.

11.
Es ist gut, kleine Striche zu zeichnen, andere,

andere Häuser zu bauen, sich an
andere Blinde zu erinnern; ein bißchen zuhause zu sein.
Als Maulwurf ist es vielleicht
gut, mit einer Maulwürfin nachts den Notausgang zu
benützen;
mit einer Maulwürfin. Unter dem Land mit seinen Leuten.
Nachts. Da sind die Leute nachhause gegangen. In die
Finsternis.
Dann ist es für Maulwürfe heller. Da haben die Leute
die Finsternis mit sich nachhause genommen.
Dann ist es dunkel genug. Keine Heimat ist da,
solange Leute noch sichtbar sind, kein Inland, kein
Ausland. Es muß dunkel sein, damit Maulwürfe
Menschen treffen. In diesem Land.
Mit diesen Leuten. Tagsüber treffen Maulwürfe
keine Menschen.

12.
Nachts aber wird das Land zum Unterüberland: ungeteilt.
Ganz ist, wo Leute sind, nichts.
Ganz ist die Erde unter und über der Erde.
Es ist gut, unter und über der Erde zu sein.
Es ist gut.
Wo Erde nicht ist, ist sie ganz.
(So ist das.)
Nachts ist es anders.
Da ist die Erde überall ganz, weil die Leute schlafen.
Da sind sie nachhause gegangen, mit der weißen
Finsternis
dieses Landes, der Leute in diesem Land. Sie haben
die weiße Finsternis eingepackt in die Kissen, auf
denen

sie schlafen. Sie schweben auf Wolken von weißer Finsternis,
auf pilzförmigen, friedlichen Wolken ins Helle. Das kleine
grüne Licht aber liegt in der Erde vergraben, und die Maulwürfe
sehen es und zeichnen kleine Striche ins Land und erzählen
kleine Geschichten. Und die Leute werden von ihren Wolken
vom Inland in ein immer gleiches Ausland getrieben.

13.
Unterüberland – welche Sprache wird dort gesprochen?
(Ich möchte sie lernen.)

14.
So sind die Leute in diesem Land.
Auch ich bin ein Laut.
Ich bin vergangen.
Ich bin zum Maulwurf gegangen.
(Aber man hat mich gehört.)

Besuch

für Rolf und Gudrun

Die Freunde ein Mann eine Frau stehn vor der Tür
Schnee an den Schuhn die Wohnung wird wärmer
nun seid ihr da sage ich es hat sich gelohnt sage
ich zu warten auf ein paar Wörter wie Berg oder Paß
oder Tal es hat sich gelohnt ich sage nichts ein
Wort gibt das andere Schweigen und wir sind und
wir waren ja Freunde einer schiebt dem andern
ein Wort in den Mund bittre Bissen Freiheit
was ist das für ein Haus in dem es sich wohnen läßt
für den einen für den andren was ist das Tod Leben
und was weiß ich diese Sprache ist ein Fluß in
den wir geworfen werden ein Landwehrkanal und wir
treiben wie Lämmerwölkchen vom Himmel herab in die
Traufe danach aber soll alles danach soll alles
wie früher sein einfach so wie früher rhetorisch

Natürlich nur so soll Schweigen sein Schweigen
wie früher es kommt auf ein paar Unterschiede
nicht an auf ein paar Unterschiede mehr oder weniger
sind es die gleichen Gott wie verlegen ich bin
wenn die Freunde dastehn Schnee an den Schuhn
sommers wie winters wie verlegen macht mich das
daß die Freunde da sind wo ich bin diese Ankunft das
macht mich stumm vor Glück in dieser Wüste wer
dem andern die Hand reicht spürt Sand ja ja Heimat
ist eine Oase hinter den Dünen der Syntax und all
die Schakale Wasserträger der sterbenden Kamele
Windhosen zahme Hyänen melken die heilige Kuh
der postmodernen Vernunft und ich ausgetrockneter

Beduine pinkle ins Lagerfeuer damit es warm wird
in diesem Eisberg auf dem Landwehrkanal schwimmend
Subjekte Prädikate im Aug und die Wüste im Ohr

Rolfleben

Neunzehnhundertzweiundfünfzig bis
neunzehnhundertsechs
undachtzig das waren Zeiten keine Zeit ein Gedicht
sag ich dir ein blitzendes Feld im Tornister irgendwann
als man noch dem Vaterland diente im Namen der Lyrik?
vom Frieden zerrissen gelebt dreiunddreißig Jahre
lang eine Wanderung über dem Nebelmeer ein Schritt
und ein halber in die falsche Richtung genügt uns schon

Donnert Applaus aus zersplitternden Spiegeln ins Stille
Rolfleben der Schritt Sprungstoff na gut Sprengstoff
wenigstens der Tod ist keine Zeitungsente aber was tun
wenn die Gewissenlosen damit beginnen die Wahrheit zu
sagen
die Wahrheit dieses federnde Sprungbrett fürs Nichts
macht nichts Rolfleben er sitzt im Gebälk Rotbart
schaut zu lacht sich kaputt trinkt endlich nichts lacht

Über die Party am anderen Ende des Lebens über die
zahnlose
Angst eine wiehernde Metapher diese Moderne die nicht
auskommt ohne den Morgen als postnokturne Erhellung er
lacht das ist kein Mythos den jemand kennen könnte der
ihn nicht kennt außer man plaudert über das ganz
Unvergleichliche des eigenen Seins in der Ästhetik
des Aschenbechers des zerbrechenden Raums und des

Finisterre

Am Ende ist Landsuche manchmal nichts
als eine andere Art von Sehnsucht danach
ein Land ohne Ende zu sehn in dem man
bis an die äußersten Grenzen der Sehnsucht
gehn kann ohne sie jemals zu erreichen
außer im Ginsterlicht im Spiegel der Erde

Passagen

1.
Am Rande des Nichts, am Rande
einer imaginären Geographie, dort ist
mein Land. Wo die Männer den Frauen
die Hände küssen, bevor die Welt untergeht, weil
eine gelungene Konversation über den Weltuntergang
den Weltuntergang überdauert. Wo die Frauen
die Ohnmacht der Liebe zum Töten benützen, damit
sie nicht untergeht ohne ihn, damit nicht
alles am Ende allein ist. Dort komme ich her, dort
habe ich sprechen gelernt, dort hat man mir beigebracht,
was Wahrheit ist: ein gewisses Gerücht
über Brot, Knoblauch und Wein.

Nichts verbindet mich mit meinem Land, außer
daß ich davon nicht loskomme, hier, in dieser
postmodernen
Begriffsblase, in dieser Tochtergeschwulst von Kultur
und Geschichte, irgendwo mitten in Deutschland, Europa,
was soll ich
machen, mit meiner schwarzen Muttermilch im Leib, mit
meinem Blut, diesem Gemisch aus Verachtung und Haß
und einem Schuß
Struktur, wenn der Regen die Seßhaftgewordenen
in ihre Einkaufspassagen treibt, wo sie ungestraft
Beute machen und eine Art Nomadentum wiederholen, im
Trockenen,
auf der Flucht vor einem gräßlich befruchtenden Trauma.

2.
Die Barbaren sind wieder gegangen. Ist der Flieder, ihre
stinkende Hinterlassenschaft, nicht längst schon verblüht?
Im Geäst des Apfelbaums hängt Lametta aus Stacheldraht,
hinter dem mein Land vor mir und meinesgleichen sicher
ist.

So begeifere ich, ein lächerliches Kaspar-Hauser-Syndrom,
schlaflos
von meinem Verlust, dem kleinen Inkubus, den Fortschritt
des Kubus, die adäquate Misere in der Beschreibung der
Einsicht,
daß das Leben offenbar so ist. Ödipus erscheint mir
zu Tode geheilt.

3.
Oh das langsame Hinübergleiten der Soziologen
in die Metaphysik. Ach und der Trost der sanften
Dichterinnen,
warm, wie ein mediterraner Wind. Das Geld hält Hochzeit
und empfängt
den Geist der Stunde. Die Kunst ist stromlinienförmig und
lispelt,
ein bißchen verlegen. Sie steht in den Ecken
herum, listiges Accessoire einer Uniform, und weissagt
kleine Abgründigkeiten, in stiller Erwartung der großen.
Die Vernunft
strengt sich am Tresen an, verkleidet als vegetarische Hyäne
mit ausgestopften Sinnen aus Epikurs Second Hand Shop.
Und die merkwürdigsten Taten der Männer sind
Erinnerungen
an die Revolution als Engagement für Potentaten.

Was bleibet aber,
dichten die Stifter: die Fahnen
hängen im Wind.

4.
Keine Angst, alles Lüge, und auch das ist gelogen.
Haß, ein Ressentiment; Liebe, ein Balzritual; Trauer,
eine Arbeit. Die Krise, gerecht verteilter
Konfirmandenbesitz.
»In jedem Satz muß alles stehn«: profilneurotisches Gerede.
Palau, Palaver. Passagen aus der Vergangenheit
in eine andere Form von Vergangenheit. Es lebe die Post!
Und die Cholera im New Age! Nicht das Aussterben
der Menschheit ist katastrophal, sondern das Verschwinden
des Kannibalismus.

5.
Im Geäst des Apfelbaums hängt Lametta aus Stacheldraht,
hinter dem mein Land vor mir und meinesgleichen sicher
ist.

6.
Manchmal im Traum, hinter dem Vorhang,
erscheint mir mein Land nackt, mich das Fürchten
zu lehren. Die Eingeborenen werden wissen, wie sie
heißt, diese Hure, die Heimat. Was man mit ihr erledigen
kann,
erleichtert nur vorübergehend. Es ist trotzdem schön,
manchmal den Kopf
in die Höhle zu stecken, Schamröte im Gesicht, und danach
eine Weile vom Gestank nach übergelaufener, angebrannter
Liebe
im Haar zu zehren, die man verleugnet wie eine Untat, um

vom Rudel nicht ausgestoßen zu werden. Zorn verbindet
untrennbar. Wie tief ist der Mangel in mich gesunken, wie
ungestillt meine Sucht, vom Rand des Nichts her
das Beben der Erde zu spüren, wenn der Iltis draußen vorbeihuscht,
wie zärtlich meine Trauer, wenn ich die Toten erkenne, wie unerwidert
mein Zorn. Denn wenn die Erde hier bebt, dann tut sie es nicht
aus Ärger über die Unwissenheit der Höhlenbewohner, sondern
weil die Zeichen zu den Dingen gehören. Dann schreien die Menschen,
dort, am Rande des Nichts, nicht aus Empörung
über das Epizentrum, sondern vor Angst. Und der Unterschied
zwischen Amöbe und Mensch verschwindet so schnell wie eine Ratte
im Aas, wie Reif auf den Feldern an jenem Morgen, als
die Sonne aufging. Dann bleibt nichts, nach dem Verlust
dieser Struktur, als eine Passage, auf der uns
der Irrtum begleitet, dieses plötzliche, grundlose Glücksgefühl,
diese unmoralische Sehnsucht nach einer Unbekannten, die man
vergessen hat, nach einem Geheimnis, dieses Aufflackern, ein
Erinnerungstrieb, vielleicht, ein Rülpsen am Feuer in der Mitte
der Höhle, mitten am Rand, unter Schatten.

7.
Wer hier, in der Höhle, am Rande des Nichts, im ersten

Fußstapfen Gottes, dieser Kopfgeburt aus Angst und Pein
seiner Schöpfung, im Halbdunkel von Lüge und
Gleichgültigkeit,
nur nach der Wahrheit sucht, macht gemeinsame Sache
mit Lüge und Gleichgültigkeit, denn die Wahrheit ist nichts
als ein Schatten vor einer Mauer aus Irrtum. Die Wahrheit
ist,
daß wir sterben. Und der Tod ist ein Schatten
vor einer Mauer aus Irrtum, diesem plötzlichen, grundlosen
Glücksgefühl beim Anblick eines Bruchstücks, aus einer
gemalten
Fensterscheibe, vielleicht. Und vor uns sterben die Dinge,
und die Zeichen verschwinden, am Rand, irgendwo, in
einer Höhle, die wir verlassen haben, auf der Suche
nach Überfluß. Aber was wir gefunden haben, wollten wir
nicht, und was wir, dauernd, verlieren, folgt uns nicht nach.
Schimmel lebt auf der unberührten Seite des Brotes
und der Wein kennt das Messer.

Passagen, auf der Flucht
vor dem Tod.

Nur manchmal kippt einer um, unauffällig
geheimnisvoll, weil ihm die Argumente ausgegangen sind,
und wird,
für eine kurze Weile, vom Rand in die Mitte gerückt.
Dann wird noch einmal abgezählt und geklagt und
zwischen
zwei Schichten gezeugt, damit es im Leben keine
Wertminderung
gibt. Die Hinterbliebenen arbeiten und versprechen
Besserung

bei der Bekämpfung der Lieblosigkeit im Umgang mit der
Natur.
Eine Weile werden Kakteen, *memento mori*, statt
Zimmerlinden
gepflanzt und manchmal darf sogar ein gläserner Penis
auf die Kommode. Eine Weile gehen wir durch die Zimmer,
verblüfft,
mit einem Glas in der Hand, und sprechen leiser, damit
der Tod uns nicht hört. Eine Weile folgen wir den
Schamanen
von einem Mittelpunkt der Erde zum andern und preisen
die Wirkung
des Hungers. Eine Weile geben wir ab, eine Weile nehmen
wir
ab. Eine Weile geben wir zu, eine Weile geben wir auf.
Eine Weile nimmt unsere Befürchtung Gestalt an
und begegnet uns im Spiegel, ein Totem, die verworfene
Seite
der Unschuld, Lavaschaum auf den Lippen, und trägt
eine Durchdringung vor sich her, die uns nicht gleichgültig
läßt.
Dann beherrschen wir uns, eine Weile, im Namen und auf
Rechnung
der Würde des Menschen und zählen rückwärts, bis die
Langeweile
uns einholt und der Countdown beginnt.

8.
Manchmal im Traum, hinter dem Vorhang,
erscheint mir mein Land nackt, mich das Fürchten
zu lehren. Ohne diese Hure bin ich ein Fremder.
Ohne ihren Namen vergess ich den Namen der Liebsten.
Ohne dieses Leid vergesse ich mich. Ohne dieses Gefängnis

bin ich nicht frei. Ohne diese Freiheit bin ich nicht mit mir verbunden. Das Abendland möge sie fressen.

9.
So gehe ich

In der Hand
den Rand
einer Hand

In der Nähe
ein Ort

In der Stille
ein Wort

Inhalt

Erläuterungen

S. 9 *Sie betreten die Bretter der Pletten*: Pletten heißen die Donauschiffe, auf denen die Vorfahren der heutigen Banatschwaben im 18. Jahrhundert aus Oberfranken nach Osten gelangten.
S. 19 *Caraiman*: Berg im Bucegi-Massiv der Karpaten; der Name stammt aus dem Türkischen und setzt sich zusammen aus kara (schwarz) und imam (mosl. Schriftgelehrter, Priester).
S. 20 *Und es hilft auch nicht mehr, daß ich's sag*: zit. nach einem Gedicht von Anemone Latzina, einer deutschen Lyrikerin aus Rumänien.
S. 21 *Die Traurigen werden geschlachtet, die Welt wird lustig*: zit. nach einem Gedicht von Erich Fried.
S. 24f. Englische Zitate aus Liedertexten der siebziger Jahre.
S. 29f. *Das Schweigen im Volk*; *tatenarm und gedankenvoll*: zit. nach dem Gedicht *An die Deutschen* von Friedrich Hölderlin.
S. 36 *Mein Herz ist geschlagen ...* : Altes Testament, Buch Hiob; *strada linistii* (rum.): Straße der Ruhe.
S. 47 *Das Leben geht weiter als es vertretbar ist*: Aphorismus von Karl Kraus.
S. 54 *Es ist niemand im Haus:* zit. nach dem Gedicht *Hohenburg* von Georg Trakl.
S. 65 *das Paradies ist verriegelt*: zit. aus Kleists *Marionettentheater.*
S. 79 *Kleist im Kopf*: *Phoebus*, nach dem griechischen Gott benannte Kleist eine Literaturzeitschrift, die er 1808 gemeinsam mit Adam Müller in Berlin herausbrachte; 1810/11 gab er die *Berliner Abendblätter* heraus.
Vogel Merops, der Bienenfresser (lat. merops apiaster), der »in Rückenlage« fliegt; Jean Paul vergleicht den Humor (den Kleist angeblich nur im *Zerbrochenen Krug* hatte) mit dem Flug dieses seltsamen Vogels, der »auf dem Kopfe tanzend, den Nektar hinaufwärts trinkt«.
die Bleiche: Bachlauf in Berlin, vor dem Haus der Henriette *(Jette)* Vogel, Kleists Geliebte und Todesgefährtin.

der Müller, Adam Heinrich (1779–1829), ein Jugendfreund Kleists.

S. 87 *Rosetta*: fallengelassene Geliebte des Prinzen Leonce aus Büchners Lustspiel *Leonce und Lena*.

S. 102 *In deiner Einfalt riefst du auf den Knien / Zu dem, der lachte, als die Nägel schrien.*: zit. nach dem Gedicht *Die Verleugnung des heiligen Petrus* von Charles Baudelaire.

S. 111 *In jedem Satz muß alles stehn*: diesen literarischen Anspruch vertrat Gottfried Benn in einem seiner Briefe.

S. 113 *Gedichte sind gemalte Fensterscheiben.*

Sieht man vom Markt in die Kirche hinein,
Da ist alles dunkel und düster;
Und so sieht's auch der Herr Philister:
Der mag denn wohl verdrießlich sein
Und lebenslang verdrießlich bleiben.

(J. W. Goethe)

302/1/2.92

Deutschsprachige Literatur in der edition suhrkamp: Lyrik

Oppenheim, Meret: Husch, husch, der schönste Vokal entleert sich. Gedichte, Zeichnungen. Herausgegeben und mit einem Nachwort versehen von Christiane Meyer-Thoss. es 1232

Schedlinski, Rainer: die rationen des ja und des nein. gedichte. es 1606

Schindel, Robert: Ein Feuerchen im Hintennach. Gedichte. es 1775

– Geier sind pünktliche Tiere. Gedichte. es 1429

– Im Herzen die Krätze. Gedichte. es 1511

– Ohneland. Gedichte vom Holz der Paradeiserträume 1979-1984. es 1372

Söllner, Werner: Kopfland. Passagen. Gedichte. es 1504

Techel, Sabine: Es kündigt sich an. Gedichte. es 1370

Treichel, Hans-Ulrich: Liebe Not. Gedichte. es 1373

– Seit Tagen kein Wunder. Gedichte. es 1610

Wichner, Ernest: Steinsuppe. Gedichte. es 1493

302/2/2.92

Ästhetik
in der edition suhrkamp

Ästhetik und Rhetorik. Lektüren von Paul de Man. Herausgegeben von Karl Heinz Bohrer. es 1681

Bachtin, Michail M.: Die Ästhetik des Wortes. Herausgegeben und eingeleitet von Rainer Grübel. Aus dem Russischen übersetzt von Rainer Grübel und Sabine Reese. es 967

Benjamin, Walter: Das Kunstwerk im Zeitalter seiner technischen Reproduzierbarkeit. Drei Studien zur Kunstsoziologie. es 28

Bildlichkeit. Internationale Beiträge zur Poetik. Herausgegeben von Volker Bohn. es 1475

Böhme, Gernot: Für eine ökologische Naturästhetik. es 1556

Bohrer, Karl Heinz: Die Kritik der Romantik. Der Verdacht der Philosophie gegen die literarische Moderne. es 1551

– Der romantische Brief. Die Entstehung ästhetischer Subjektitvität. es 1582

Bredekamp, Horst: Kunst als Medium sozialer Konflikte. Bilderkämpfe von der Spätantike bis zur Hussitenrevolution. es 763

Bubner, Rüdiger: Ästhetische Erfahrung. es 1564

Bürger, Peter: Theorie der Avantgarde. es 727

Deleuze, Gilles: Die Logik des Sinns. Aus dem Französischen von Bernhard Dieckmann. es 1707

Digitaler Schein. Ästhetik der elektronischen Medien. Herausgegeben von Florian Rötzer. es 1599

Foucault, Michel: Raymond Roussel. Übersetzt von Renate Hörisch-Helligrath. es 1559

Frank, Manfred: Einführung in die frühromantische Ästhetik. es 1563

Gedächtniskunst. Raum – Bild – Schrift. Studien zur Mnemotechnik. Herausgegeben von Anselm Haverkamp und Renate Lachmann. es 1653

Genette, Gérard: Palimpseste. Die Literatur auf zweiter Stufe. Aus dem Französischen von Wolfram Bayer und Dieter Hornig. Herausgegeben von Karl Heinz Bohrer. es 1683

Gombrich, Ernst H. / Julian Hochberg / Max Black: Kunst, Wahrnehmung, Wirklichkeit. Aus dem Englischen übersetzt von Max Looser. es 860

Haug, Wolfgang Fritz: Kritik der Warenästhetik. es 513

Koch, Gertrud: Die Einstellung ist die Einstellung. Visuelle Konstruktionen jüdischer Geschichte. es 1674

Koppe, Franz: Grundbegriffe der Ästhetik. es 1160

Kristeva, Julia: Mächte des Grauens. Ein Versuch über den Abscheu. Aus dem Französischen von Xenia Rajewski. es 1684

309/1/9.93

Ästhetik
in der edition suhrkamp

Lacoue-Labarthe, Philippe: Die Nachahmung der Modernen. Aus dem Französischen von Thomas Schestag. es 1708

Lejeune, Philippe: Der autobiographische Pakt. Aus dem Französischen von Wolfram Bayer und Dieter Hornig. es 1896

de Man, Paul: Allegorien des Lesens. Aus dem Amerikanischen von Werner Hamacher und Peter Krumme. es 1357

– Die Ideologie des Ästhetischen. Aus dem Amerikanischen von Jürgen Blasius. Herausgegeben von Christoph Menke. es 1682

Mayer, Hans: Versuche über die Oper. es 1050

Penck, A. R.: Mein Denken. es 1385

Platschek, Hans: Porträts mit Rahmen. Picasso, Magritte, Grosz, Klee, Dalí und andere. es 1086

Romantik. Literatur und Philosophie. Internationale Beiträge zur Poetik. Herausgegeben von Volker Bohn. es 1395

Typologie. Internationale Beiträge zur Poetik. Herausgegeben von Volker Bohn. es 1451

Übersetzung und Dekonstruktion. Herausgegeben von Alfred Hirsch. es 1897

Warenästhetik. Beiträge zur Diskussion, Weiterentwicklung und Vermittlung ihrer Kritik. Mit Beiträgen von Wolfgang Fritz Haug u.a. es 657

309/2/9.93

319/1/9.93

»Klamottenland, Zwangland, *Kopfland.* / Scheißland, Vaterland, Muttersprache, liebes / Land, verlorenes Land: Das Land / ist vertrieben, wir sind geblieben.«

Werner Söllner, der *zum ersten Mal im Suhrkamp Verlag* seine Gedichte vorstellt, stammt aus dem Banat, dem deutschsprachigen Teil Rumäniens. Seine Gedichte sind poetische Passagen, dichterische Bewegungen und kunstvoll zusammengesetzte Sprachgebilde, die zwischen erinnerter Herkunft und erhoffter Zukunft, zwischen Sprechen und Verstummen, sich bewegen. »Zweisprachig fast, mit gespaltnem / Bewußtsein, ratlos, / aber gefaßt« – schreibt Werner Söllner seine oft erzählerisch langen, immer konzentrierten und kunstvoll gefügten *Kopfland. Passagen.* Diese Gedichte, die in den Jahren 1976–88 entstanden sind, vereinen auf spielerische Weise gedankliche Schärfe mit einer reichen Bildhaftigkeit voller Anspielungen.

Werner Söllner, geboren 1951 in Horia/Rumänien, lebt seit 1982 in Frankfurt am Main. Er veröffentlichte Gedichte in Rumänien und in der Bundesrepublik, die teilweise in diesen Band aufgenommen wurden.

Werner Söllner erhielt 1985 den Andreas Gryphius-Förderpreis und den Friedrich Hölderlin-Förderpreis 1988.

es 1504
edition suhrkamp
Neue Folge Band 504